清貴・小松・円生 於 小松探偵事務所

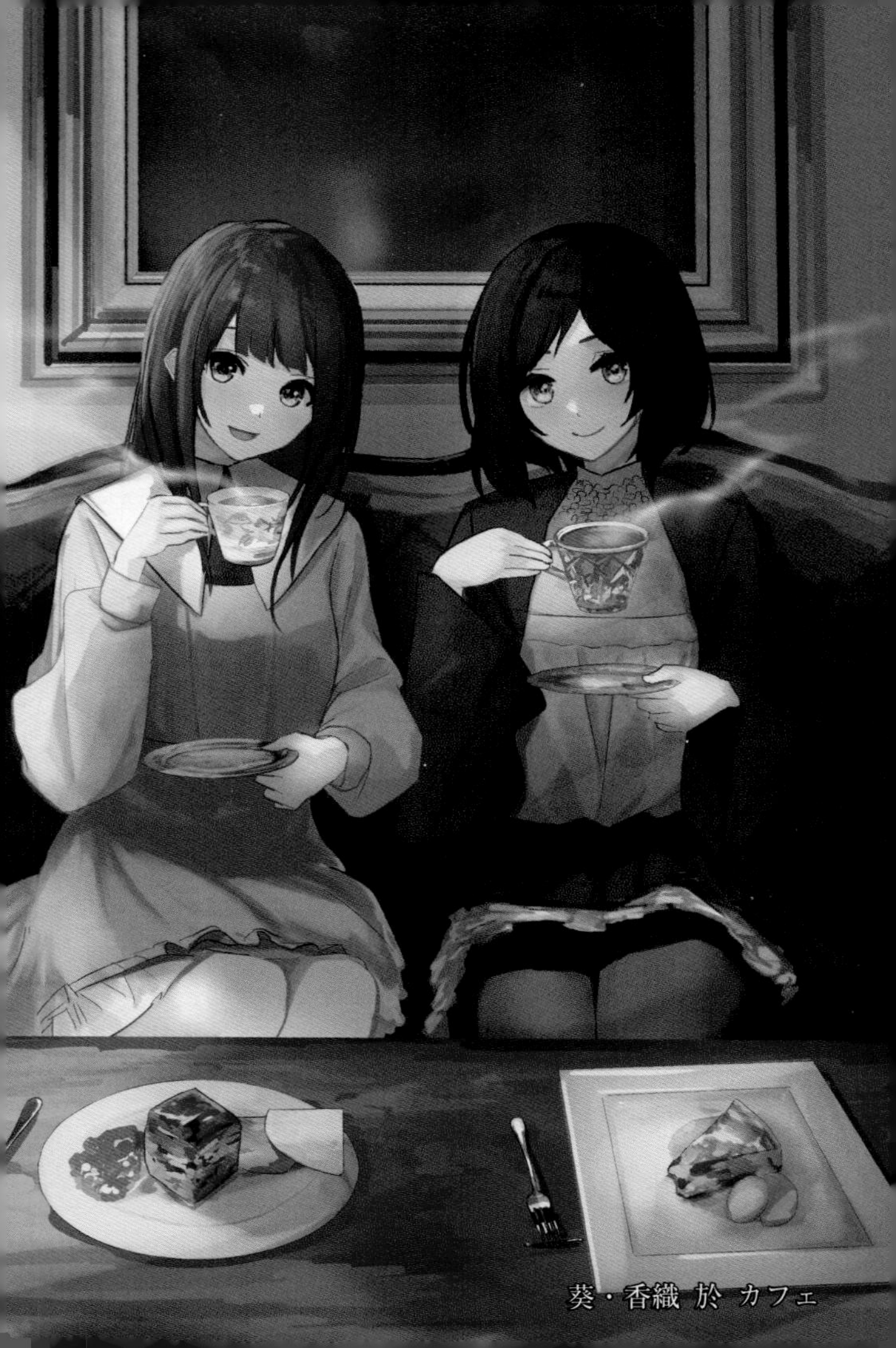

葵・香織 於 カフェ

京都寺町三条のホームズ⑲

拝み屋さんと鑑定士

望月麻衣

双葉文庫

目次

家頭《やがしら》 清貴《きよたか》

類稀な鑑定眼と観察眼から、『ホームズ』と呼ばれている。現在は、骨董品店『蔵』を継ぐ前に、外の世界を知るよう命じられ、修業中の身。

真城《ましろ》 葵《あおい》

京都府立大学の学生。埼玉県から京都市に移り住み、骨董品店『蔵』でバイトを始めた。清貴の指南の許、鑑定士としての素質を伸ばしている。

梶原《かじわら》 秋人《あきひと》
現在人気上昇中の若手俳優。ルックスは良いが、三枚目な面も。

円生《えんしよう》
本名・菅原真也　元贋作師で清貴の宿敵だったが、紆余曲折を経て、今は高名な鑑定士の許で見習い修業中。

滝山《たきやま》 利休《りきゅう》
清貴の弟分。清貴に心酔するあまり、葵のことを疎ましく思っていたが……？

家頭《やがしら》 誠司《せいじ》
（オーナー）
清貴の祖父。国選鑑定人であり『蔵』のオーナー。

滝山《たきやま》 好《よし》
利休の母であり、オーナの恋人。美術関係の会を経営し、一級建築士資格も持つキャリアウマン。

家頭《やがしら》 武史《たけし》
（店長）
清貴の父。人気時代小説作家。

洛中・洛東・洛南
平安神宮
川端通
二条通
細見美術館
岡崎公園
永観堂禅林寺
左京区
みやこめっせ
京都市動物園
京都国立近代美術館
三条京阪駅
南禅寺
蹴上インクライン
東山駅
三条通
三条駅
ウェスティン都ホテル京都
蹴上駅
京都華頂大
青蓮院
蹴上浄水場
日向大神宮
知恩院
祇園
四条通
八坂神社
円山公園
地下鉄東西線
四条大橋
祇園四条駅
将軍塚青龍殿
東大路通
高台寺
建仁寺
京都霊山護国神社
霊山歴史館
三条通
清水道
東山区役所
小野駅
地主神社
清水寺
御陵駅
五条通
山科区
フォーシーズンズホテル京都
清閑寺
東山区
ハイアット リージェンシー 京都
京都女子大
智積院
琵琶湖線
東海道新幹線
東福寺
今熊野観音寺
泉涌寺
東福寺
0
500m

丸太町駅
烏丸通
367
千本通
二条自動車教習所
二条城
二条駅
二条城前駅
京都市役
御池通
烏丸御池駅
BiVi二条
中京区役所
堀川通
三条通
中京区
三条通
六角堂
嵯峨野線
大宮駅
四条通
阪急京都線
烏丸駅
京都河原
嵐電嵐山本線
四条駅
西院駅
壬生寺
四条大宮駅
地下鉄烏丸線
タカ
七本松通
松原通
五条通
9
1
清水五条
丹波口駅
五条駅
延寿寺
京都市中央卸売市場
下京区
1
渉成園（枳殻邸）
西本願寺
東本願寺
七条
京都水族館
龍谷大
梅小路京都西駅
七条通
七条大
京都タワー
24
下京区役所
京都鉄道博物館
梅小路公園
京都駅
京都線
東海道新幹線
大宮通
河原町通
イオンモールKYOTO
東寺
烏丸通
南区
東寺駅
近鉄京都線
九条駅
171
九条通
1
↓十条駅

0
1.5km
寂光院
三千院
阿弥陀寺
滋賀県
京都府
367
奥比叡ドライブウェイ
朗詠山長源寺
西教寺
坂本比叡山口駅
岩倉駅
八幡前駅
八瀬比叡山口駅
蓮華寺
比叡山延暦寺
国際会館駅
叡山ケーブル
大比叡
坂本ケーブル
松ノ馬場駅
叡山ロープウェイ
三宅八幡駅
宝ケ池駅
星野リゾート
ロテルド比叡
穴太駅
京阪石山坂本線
叡山電鉄叡山
修学院離宮
修学院駅
曼殊院
比叡山ドライブウェイ
唐崎駅
圓光寺
一乗寺駅
滋賀里駅
狸谷山不動院
茶山駅
湖西線
琵琶湖
左京区
南滋賀駅
中駅
161
銀閣寺（慈照寺）
近江神宮前駅
哲学の道
法然院
真如堂
大津京駅
瑞光院
京阪大津京駅
金戒光明寺
大津市役所前駅

洛北
貴船神社
鞍馬寺
鞍馬駅
貴船口駅
叡山電鉄鞍馬線
二ノ瀬
市原駅
京都精華大前
二軒茶屋駅
京都精華大前駅
162
宗蓮寺
北区
右京区
正伝寺
上賀茂神社
常照寺
源光庵
光悦寺
北山駅
京都府立植物園
今宮神社
北大路駅
367
大徳寺
金閣寺
鞍馬口駅
地下鉄烏丸線
龍安寺
白梅町駅
北野
北野天満宮
今出川駅
出町柳
嵯峨嵐山駅
嵐電北野線
妙心寺
上京区
京都御苑
丸太町駅
京阪鴨東線
太秦駅
嵯峨野線
花園駅
円町駅
帷子ノ辻駅
二条城

立命館大
等持院
龍安寺駅
等持院・立命館大学衣笠キャンパス前駅
仁和寺
福王子
162
妙心寺駅
嵐電北野線
宇多野駅
御室仁和寺駅
一条通
鳴滝駅
妙心寺
嵐電北野線
妙心寺道
常盤駅
花園駅
法金剛院
太秦駅
東映太秦映画村
花園大
嵐山本線
撮影所前駅
帷子ノ辻駅
広隆寺
右京警察署
太秦天神川駅
葛野大路通
太秦広隆寺駅
蚕ノ社駅
地下鉄東西線
御池通
京都先端科学大
嵐電天神川駅
右京区役所
嵐電嵐山本線
三条通
山ノ内駅
三菱自動車
162
京都外大
四条通
右京区
上野橋
運動公園
阪急京都線
イオンモール京都五条
五条通
9
ハンナリーズアリーナ
上桂公園
西大橋
西京極総合運動公園
9
西京極駅

洛西
大覚寺
化野念仏寺
右京区
広沢
嵐山高雄
パークウェイ
清涼寺
祇王寺
二尊院
常寂光寺
トロッコ嵐山駅
丸太町
嵯峨嵐山駅
嵯峨野線
トロッコ嵯峨駅
法然寺
車折神社
天龍寺
嵐山駅
嵐電嵯峨駅
鹿王院
鹿王院駅
車折神社
三条通
亀山公園
渡月橋
中ノ島公園
嵯峨美術大
桂川
嵐山
嵐山駅
法輪寺
嵐山東公園
嵐山モンキーパークいわたやま
阪急嵐山線
松尾大社駅
松尾橋
西京区
松尾大社
松尾大社
月読神社
鈴虫寺
西芳寺
0
500m

プロローグ

「——最近、葵《あおい》さんが、チラチラと僕の方を見てくるんです」

眉目秀麗《びもくしゅうれい》の青年は、文学小説さながらの憂いを秘めた表情でため息を洩らした。

うちの探偵事務所は雑談が始まればそれなりに賑やかになるが、それ以外の時は、各々自分の好きなことをしている。そのため、所内は静かなものだ。

今もカチャカチャとパソコンのキーボードを叩く音だけが響いている状態であり、そんななか、憂いを帯びた美青年こと家頭清貴《やがしらきよたか》の囁きはよく通って聞こえた。

となれば、反応しないわけにはいかない。

「見てくるって……？」

小松探偵事務所の所長、小松勝也《こまつかつや》は作業の手を止めて顔を上げる。

清貴は顎の前で手を組み合わせ、遠くを見るような目をしていた。表情は真剣そのものだ。そうしていると、顔立ちが整っている分、男ぶりがぐんと増して見える。

彼は頭脳明晰で、人並み外れた観察眼と鑑定眼を持つ鑑定士である。

自分では見習いと言っているが、小松はもうプロだと認識している。

そんな彼は、ただ、ぼやきにここに来ているわけではない。探偵事務所の仕事を手伝う傍ら、今は『コンサルタント』と称して、さまざまな相談を請け負っていた。

とはいえ、事務所の扉に『三十分間なんでもご相談承ります。お代はお気持ちで』という張り紙をし、それを目にした人が訪れる程度のささやかな規模のもの。しかし、これがなかなか好評だった。

飲食店の経営相談、観光客への京都の見どころ紹介、そして恋愛相談、はたまた、ただイケメンと話したい人まで、なんでもござれだ。

満足した相談者があそこは良かったと知人に伝えていき、じんわりと口コミで評判が広がっている。

相談客が訪れるのは大体午後三時を過ぎた頃からで、今は午後二時半。比較的暇な時間のため、小松はいつものように副業（プログラミングのバイト）に勤しみ、円生《えんしょう》（本名・菅原真也《すがわらしんや》）はオンラインで麻雀をし、清貴は雑誌に目を落としていた。

そんな時に飛び出したのが、冒頭の言葉だ。

この男は、完璧そうに見えて、大きな弱点がある。

それは、婚約者である真城《ましろ》葵にすこぶる弱いということだ。

この話題もその表情に似合わず、どうせ、しょうもないことなのだろう。

まぁ、既に口にした言葉自体、しょうもないのだが……。

円生は僧侶のように剃髪した頭に手を当てて、なんやねん、と舌打ちする。

「またのろけなん？　俺はもう腹いっぱいなんやけど」

相変わらず円生は遠慮がない。だが、今回ばかりは、小松も同感だ。

「俺も腹いっぱいだな。そろそろ『事務所内のろけ禁止令』を出すぞ」

いえ、と清貴は掌をかざして見せる。

「のろけとかそういう話ではないんです」

「うん？」

「元々葵さんは仕事に集中するタイプです。一段落している時ならさておき、作業をしつつ僕の方をチラチラ見るようなことは基本的にないんですよ」

小松は、真城葵の姿を思い浮かべた。

たしかに彼女は、何かに一生懸命になると没頭するタイプだ。

店内の掃除や店の小さなショーウインドウの展示など、脇目もふらずに取り掛かっている姿を何度か目にしている。

「それが最近になって、掃除をしながら、在庫をチェックしながら、ディスプレイの準備をしながら、僕の方をチラチラと……」

小松と円生は、同時に顔をしかめる。

「それの何が問題なんだ？」

「やっぱりのろけやん」

小松と円生が吐き捨てると、清貴は息をついた。

「もちろん、僕だって葵さんにチラ見してもらえたら嬉しいですよ。ですが、違うんです。その視線がひどく冷静なんです。恋愛感情というよりも、『観察』をしているような感じで……どうして僕をそんな目で見るのか、皆目見当がつかないんですよ」

話しながら清貴の白い顔が、どんどん青褪めていく。

彼は、誰もが認める鋭い観察眼の持ち主だが、こと葵に関しては、ぽんこつになる。

小松と円生は思わず顔を見合わせた。

「あー、それはあれやな。値踏みや」

円生の言葉を受けて、はっ？　と清貴は眉根を寄せる。

「僕を値踏みなんて、そんなの、今さらではないですか？」

円生は、ちゃう、と否定する。

「葵はんは、日一日と大人の女になっていってるやん。これまでは、喜んで婚約者ごっこに興じてた。せやけど、そろそろ現実味を帯びてきたんとちゃう？」

現実味……、と清貴がごくりと喉を鳴らす。

「葵はんも適齢期が近付いて、『本当にこの人とこのまま結婚しても良いの？』って思い始めたんとちゃう？　その迷いが視線に表われてるんやろ」

「え……」

妙に信憑性があり、清貴は絶句した。

「この前かて、ついに自分の車買《こ》うたって言うてたやん。あんたのことやし、またどうせ庶民がドン引きするようなたっかい外車を買うたんやろ」

円生はそう言って、頭の後ろに手を組む。

そう、清貴は半月前、自分の車を買ったと話していた。

購入を決めたのは、最近オーナーこと清貴の祖父・家頭誠司《せいじ》が滝山好江《たきやまよしえ》の家に身を寄せていて、家頭邸に車がない時が多いためだという。

ちなみにオーナーも年配だ。まだ免許は返納していないが、自分では運転しておらず、好江にお願いしているという。

『いよいよ僕も、自分の車を買う時期が来てしまったようです』

――と、その時、清貴は観念したように言っていた。

「いえいえ、買ったのは国産車で、値段も一般的ですよ」

清貴の返答に、小松は意外に感じながら、「へぇ」と洩らす。

彼はかねてからMINI（ドイツ車）が好きだと言っていたので、それに決めたのだろうと思っていたのだ。

「もしかして、電気自動車にしたのか？」

「電気自動車も迷ったのですが、今回は好みのデザインの車に決めてしまいました」

国産車で好みのデザインとなると、なんだろう？

小松が思いを巡らせていると、円生は少し目を輝かせて訊ねた。

「なんや、ホンダのNSXか」

円生はNSXが好きなようだ。清貴は微かに肩をすくめる。

「そんな高額の車ではないですよ一般的な値段だと言ったでしょう」

「あんたの『一般的』はあてにならんし。」

「いえ、ロードスターのデザインは好きですが、そもそも二人乗りオープンカーは日常使いには向きませんし」

「主婦みたいなことを言いよる」

「家計を預かり、家事もしている僕は主婦みたいなものですから」

「あんたが主婦やったら、旦那は葵はんか」

「いいですね。得意料理を作って帰りを待ちますよ」

「のろけ禁止やで、ほんま」

「あなたが振っておいて」

そんな話をしている二人に、小松は痺れを切らして前のめりになる。

「で、あんちゃんは何にしたんだよ？」

「光岡《みつおか》自動車のビュートにしました」

「あー、そういや、前に言うてたな」

「うんうん、たしかにあれはクラシックであんちゃんの好きそうなデザインだ」

円生と小松が納得していると、清貴は嬉しそうに微笑む。

「そうなんですよ。ボディカラーはクリーム色で、シートのカラーは赤と、とっても可愛いんです。葵さんも『素敵ですね』と言ってくれていたんですが……」

そこまで言って清貴は、ハッとしたように口に手を当てた。

「もしかしたら前に『車は一台でいい』なんて言っておきながら、舌の根も乾かないうちにもう一台買ってしまったわけで、『無駄遣いしてる。こんな人では将来が不安』と思われたのかも……」

これまでワイワイと車トークをしていたというのに、再び葵の話題に戻った。

小松は噴き出しそうになったが、それを堪えて真面目な顔を作る。

「いや、あんちゃんに対して将来性の不安はないだろ」

「小松さん……」

清貴が、少し救われたような表情でこちらを見る。普段は決して見られない表情を前にして、また笑いそうになるが、太ももの肉をつねって耐えた。

「俺はそういうことじゃなくて、もっと単純なことで嬢ちゃんを不安にさせているんじゃないかって思うぞ？」

「どういうことですか……？」

「たとえば、あんちゃんに浮気疑惑を持ってるとか」

はっ？　と清貴は不愉快そうに顔をしかめた。

「僕が浮気なんて、ありえませんよね？」

「そんなん知らんし」

と、円生がすかさず突っ込む。

小松は、にやける口許を手で隠して話を続ける。

「俺が言いたいのはな、あんちゃんは身に覚えがなくても、知らない間に勘違いして不安にさせてしまったんじゃないかってことだよ」

ふむ、と清貴は腕を組む。

「たしかに、以前はそんなこともありました。が、今はもうないと思うのですが……」

「いや、分からんぞ。俺も純粋に仕事が忙しかった時、奥さんに浮気を疑われたことがあるんだよ。その時の視線の怖さときたら……」

これは本当のことだ。かつて清貴の活躍で大麻を使った教団の事件を解決に導いた際、事務所の評判が上がり、一気に仕事量が増えた。

あまりに急に多忙になったため、妻は疑いを持ったのだ。

当時の妻の眼差しを思い出し、小松は思わず自分の体を抱き締める。

「その時、小松さんは奥さんの誤解をどうやって解いたんですか？」

清貴は、興味を持ったようだ。

そうだな、と小松は天井を仰ぐ。

「実は、俺は何もしてなくてな。俺が寝てる間に、奥さんがスマホの中身を確認したんだよ。それで、疑わしいやりとりがなかったのと、仕事のメールばかりだったから、本当に仕事が忙しいってことが分かったみたいだ」

「なるほど。では、自らスマホを差し出すのもアリですね」

「そんなん逆にアヤシイやろ」

と、円生が真っ当なことを言う。

「たしかにそうですね」

清貴は、我に返ったようにうなずく。

どれだけ、ぽんこつになっているのだろう。

「では、こっそり確認してもらえれば……」

横で話を聞きながら、円生が、はあ？　と険しい表情をした。

「勝手にスマホを見られるんやで？　そんなん、やましいことがのうても絶対嫌やろ。俺ならそないなことされた時点で気持ちが冷めてまうし。よくオッサンは、嫁はんのことを許したなて思うわ」

「いや、まぁ、あん時はたしかに怖かったけどな。その後で謝ってくれたし」

小松は慌てて付け加える。

つまらない雑談で妻の名誉を傷つけてしまった、と落ち込んでいると、

「分かってませんねぇ」

と、清貴が大袈裟に肩をすくめた。

「何がやねん」

「『パートナーのスマホを勝手に見る』という行為がどれほど良くないことかなんて、小松さんの奥さんも重々承知ですよ。できればそんなことをしたくなかったはずです。ですが、それをしてしまうほど、不安に苛まれていたということなんです。もし、葵さんが僕のスマホを勝手に見てしまった場合、僕は彼女をそこまで追い詰めてしまった自分を責めますね」

清貴は自分の胸に手を当てて、しみじみと言う。

「あんちゃん……」

ナイスフォロー、と小松は感激していたが、円生は相変わらず冷ややかな表情だ。

「ふーん、そうなんや。そら結構なことやな」

清貴は、円生の嫌味をスルーして、スマホを手にした。

「では、さっそく、僕のスマホをこっそり見やすい場所に置いておこうと思います。パスワードも簡単なものに変更して、それとなく伝えておかなくては」

いやいや、と小松が手を伸ばす。

「あんちゃん、あのな、うちの奥さんは、俺のスマホをこっそり見てしまったことを後悔してるんだよ。ふとした時に自分を責めている。あんちゃんは嬢ちゃんにそんな思いをさせたくないだろ？　身に覚えがないなら、余計なことはせずに堂々としてた方がいいと思うそ?」

　この言葉が胸に響いたのか、清貴はすぐに動きを止める。

「そうですね……」

　たちまちしゅんとして、スマホをテーブルの上に置く。

　その姿が可笑しくて、また笑いそうになったが、小松はそれを堪える。

「結婚相手としての不安にしろ、浮気疑惑にしろ、とりあえず嬢ちゃんを惚れ直させてみせるくらいの気持ちでいたらどうだ?」

「惚れ直させるとは?」

「そりゃあ、もちろん、あんちゃんは『京都寺町三条のホームズ』って呼ばれてるくらいだ。俺はあんちゃんがスマートに事件を解決する姿が本当にカッコイイと思ってるんだけどな」

「小松さんはそうやって、さらに探偵の仕事を手伝わせようとしてますね?」

　急に冷めた目を見せる清貴に、小松はびくんと肩を震わせ、円生は笑った。

「葵はんのことでぽんこつになってても、ここは騙されないんやな」

　それはそうですよ、と清貴は肩をすくめた。

「僕は、『利用されること』に敏感なんです」

「自分は周りにあるものをすべて利用して生きてきたくせに、よう言うわ」

「それは否定しませんが」

笑顔の応酬をする二人を前に、小松は目を泳がせた。

「いや、あんちゃん、利用なんて、そんなつもりは……」

冗談ですよ、と清貴は可笑しそうに笑う。

「ただ、そもそも葵さんは、『探偵』をしている僕よりも、『鑑定士』の僕の方が好きなはずです。つまりは、本来の仕事をがんばれということですね。初心に返って骨董品店『蔵』での仕事をがんばろうと思います」

清貴はそう言うや否や、腰を上げた。

「あっ、おい、あんちゃん、もうすぐ相談の客が来る時間帯だろ」

小松はあらためて時計を確認する。

あと十分で、午後三時だ。

「いえ、コンサル業は、そろそろ店仕舞いさせていただこうかと」

小松探偵事務所での修業期間は、とっくに終わっている。

彼がここに留まっていたのは、コンサルタント業を始めたからだ。

それを終了するというのは、すなわち、小松探偵事務所での手伝いを終えるということに他ならない。

　小松は焦りから前のめりになる。

「でもあんちゃんがここでコンサルを始めたのは、これから何か新しいことをしたいから、それに向けての下準備だって言ってただろ」

「ええ、そうなんですが、もう準備は十分な気がしていたんです。そろそろ鑑定士としての自分に主軸を移し、さらに精進していくタイミングではないかと思っていたので、今回の話は良いキッカケになりました」

「あー、あんちゃん……」

　余計なことを言った、と小松は頭を掻いた。

　その一方で円生は、清貴がいなくなろうとどこ吹く風といった様子だ。

　だが、疑問もあるようで、なぁ、と訊ねる。

「そもそもあんたは何を始めようと、コンサルしてたんや？」

「言ってませんでしたか？　僕は骨董品店『蔵』を営みながら、もう一つ、仕事を始めようと思っているんですよ」

「それは聞いてる。せやから、なんの仕事やて話や」

「せっかちですね、今から話しますよ」

清貴は、こほんと咳払いをし、口の前で人差し指を立てた。

「僕は『京都コンサルタント』を始めようと思っているんです」

「『京都コンサルタント』？」

と、小松と円生の声が揃った。

そうです、と清貴は胸を張る。

「京都の観光案内、京都でのイベントの請け負い、京都検定の講師、京都移住のアドバイス、京都への進学・就職の相談、上田《うえだ》さんにも協力してもらって京都での経営の相談など、京都に関わることならなんでもお力になる『京都コンサルタント』です。これなら『蔵』の店内でもできる仕事ですし」

清貴はそう言って形の良い目を細め、にこりとした。

なるほど、と小松は感心しながら、大きく首を縦に振る。

「普通、起業にはお金がかかる。けど、それなら無理なく、特に失うものもなく始められるな」

円生も同じ気持ちのようで、ふぅん、と頬杖をつく。

「まぁ、どっぷり京都に浸かりきってる、あんたらしい仕事なんとちゃう？」

でしょう、と清貴は少し得意げだ。

「ここでいろんな方の相談に乗っていたのはそのための下準備です。特に京都の中心地、祇園で商売をしている方々の相談を親身になって受けることで、今後さらに横のつながりを期待できますしね」

「せやけど、あんたは、前に『蔵』をカフェにしたいとか、家頭邸を美術館にしたいって話してたやろ？　あれはやめたん？」

「いえ、店をカフェにして、家頭邸を私設美術館――開かれた美術展示場にしたい、そうした気持ちは変わらずにありますが、どちらも時期尚早です。小松さんが仰ったように、今は無理なく始められることからやっていけたらと思っているんですよ」

　小松は感心しながら首を縦に振った。

「堅実なあんちゃんらしいな。つまり、ここでの相談請け負いは京都コンサルに向けての布石だったわけだ」

　ですが、と清貴は続ける。

「そろそろ潮時ですね。『蔵』へ戻るとします」

「あんちゃんんん」

「もちろん、これからも小松さんへの協力はしていきたいと思っていますので、何かありましたらご連絡ください。手伝えるようなら手伝いますので」

そう言いながらも、実際に連絡をしたら、『いえ、それは手伝えませんね』と断り続ける清貴の姿が目に浮かぶ。

「いや、その、あんちゃん……」

なんとか引き止められないだろうか。

報酬を上げるから、と言っても彼は金銭で動くタイプではない。

世の中、大抵のことはカネで解決できるが、清貴に関しては例外なのだ。

どうしたものか、と焦っていたその時だ。

ピンポーンとインターホンが鳴った。

「おっ、もしかして、相談希望のお客さまじゃないか？」

小松は嬉々としてマウスに手を伸ばし、ドアホンのカメラを確認する。パソコンと連動させているのだ。

「僕はいないということに」

と、清貴が即座に言う。小松は眉を下げた。

「そんな、殺生な」

清貴がいない場合は、所長である小松が受けることになっているので、不在でも問題はない。しかし、清貴がいないと知ると、ほとんどの客は踵《きびす》を返してしまうので、そういう意味では大問題だ。

小松は肩を下げながら画面を確認し、あれ、と目を凝らした。

そこには、着流しに羽織を纏《まと》った青年が笑みを浮かべて立っている。

彼は、清貴の知り合いだったのだ。

どうしよう、と言葉を詰まらせた小松の姿を見て、清貴はすぐに何かを察したように画面を確認した。

ああ、と清貴は少し嬉しそうに目を細めた。

「澪人《れいと》くんではないですか。どうぞお入りください」

清貴にとって彼は特別だったようだ。

居留守を使うのをやめて、即座に立ち上がり、対応している。

とりあえず、首の皮一枚つながった、と小松は胸に手を当てた。

そうして、『麗《うるわ》しい』という言葉がぴったりと当て嵌まる美青年が事務所に足を踏み入れた。

「こんにちは」

と、清貴以上に、京都ならではの独特なイントネーションで、お辞儀をする。

「なんや舞妓はんみたいな坊やな」

と、円生が囁いたが、その言葉をかき消す勢いで小松が声を上げた。

「よ、ようこそ、小松探偵事務所へ」

「突然すみません」

「小松です。いやはや、お噂はかねがね。佐田《さだ》さんの時は、お世話になったそうで、ありがとうございました」

いえいえ、と彼は首を横に振る。

「今、あんちゃん……家頭がコーヒーを淹れますので、どうぞ、お掛けください」

おおきに、と彼は応接用のソファに腰を下ろす。

「――何者やねん？」

と、円生が小声で訊ねてきた。

小松は目配せをした後、スマホを手にし、メッセージで回答する。

『――彼の名前は、賀茂《かも》澪人。

陰陽師《おんみょうじ》として名を馳せた賀茂家の末裔らしく、自身も除霊を請け負っている拝み屋《おがみや》、いわば現代の陰陽師だそうだ。

佐田さんの騒動の時、佐田さんの持っている水晶の御守がどこの神社のものなのかを調べてくれて、うちも世話になったんだよ』

と、メールを送ると、円生は、ふぅん、と相槌をうつ。

『アヤシサのデパートやん』

円生からの返事を見て、小松は苦笑する。

まぁ、たしかに、現代の陰陽師と聞かされたら、『アヤシイ』となっても無理はないだろう。デパートはいささか言いすぎな気もするが……。

『なんや、ホームズはんと似た者同士やな』

続いて円生から届いたメッセージを目にするなり、小松は、二人に目を向ける。

今、清貴は給湯室でコーヒーの用意をしており、澪人はソファに座って事務所内を物珍しそうに眺めていた。

たしかに清貴と澪人は、共通点が多い。

京男子、黒髪、白い肌、整った顔立ち、物腰の柔らかさ、洗練された所作と、パッと見ただけで、これだけ挙げられる。

もし、彼らが兄弟だと言われても、疑問は持たないだろう。

違っている点は、雰囲気だろうか。

清貴は鋭敏で、澪人はおっとり。

清貴は女性から『カッコイイ』と言われるタイプだが、澪人は『綺麗な人』と囁かれるイメージだ。

それにしても、京男子が二人揃った際、普段は一体何を話すのだろう?

『清貴さん、ぶぶ漬け食べて行かはります?』

『それはぜひ、また今度』

などと、『京都人嫌味あるある』を言い合い、ふふふ、と笑い合っているとか。

そんなことを妄想して、小松は、頬を緩ませる。

一方清貴は、コーヒーを運んできて、澪人の向かい側に腰を下ろした。

「あらためて、昨年末は、いろいろとありがとうございました」

頭を下げた清貴に、いえいえ、と澪人は首を横に振る。

「今度は、僕の方がお願いがありまして」

「あなたのお願いでしたら、なんなりと」

あまりの即答に、話を聞いていた小松はぽかんと口を開けた。

同じ台詞を他の人間が言ったならば、『……一体、どんなお願いでしょうか?』と警戒の色を隠そうともせずに訊ねるだろう。

「恋愛相談でも喜んで」

と、清貴は冗談めかして続ける。

これだけの美青年だ。恋愛相談など無縁のように見える。これは、『あなたに恋愛相談なんて必要ないですよね』という京男子ジョークなのだろうか？

そう思ったが、澪人は気恥ずかしそうに会釈した。

「この前は話を聞いてもろて……がんばって外堀を埋めようと思います。ぜひ、またよろしゅう」

どうやら、本当に恋愛相談をしていたようだ。それにしても外堀とはなんだろう？

「今回は、仕事の依頼なんです」

清貴はすぐに真面目な顔つきになる。

「仕事というと？」

「お願いしたい仕事は二つ。一つは、清貴さん、あなたに識《み》てもらいたいものがあるんです」

「というと、鑑定のお仕事ということでしょうか？」

少し嬉しそうに問うた清貴を前に、澪人は、はい、と答える。

「そしてもう一つは、あなたを含めた小松探偵事務所への依頼です」

話を聞いていた小松が、えっ、と声を洩らした。

「では、二つ目は調査関係でしょうか？」

「はい。そういうことになります。ただ……」

そこまで言って、澪人は少し言いにくそうに目を伏せる。

彼の独特の間に引き込まれた小松は、次の言葉を待ちながら、ごくりと喉を鳴らした。

「厄介な案件ですか？」

そうやね、と澪人は苦笑して、清貴の目を見た。

「とりあえず、お化け屋敷に来てもらわなあきまへん」

思いもしない言葉に、小松と円生は思わず顔を見合わせる。

だが清貴は迷うことなく、分かりました、とうなずいた。

「ほんで、訊きたかったんや。清貴さん、怪異に耐性はありますやろか？」

「怪異ですか……」

と、清貴は腕を組む。

この時、小松は既に予感していた。

今回の依頼は、生涯忘れられない奇妙な仕事になるであろうと。

そしてそれは、これから語られる物語だ。

第一章　変わらないもの、変わりゆくもの

1

骨董品店『蔵』は、ずっと変わらないようでいて、絶えず変化している。

店内にある古美術はいつもここにあるわけではなく、いつの間にか人の手に渡り、そして、いつの間にか他の品物が入ってきている。

店先のディスプレイも毎月のように変わっていた。

だが、変わらずに、ここに置かれているものもある。

志野《しの》の茶碗、アンティークドール、円生が描いた絵画――、それらはそれぞれ思い出の品だ。

いや、ここにあるすべての品に誰かの思い出が詰まっているのだろう。

そう思うと、背筋が伸びるような気持ちになるものだ。

今日もわたしは、『蔵』で作業をしていた。

手を動かしながら、こっそりカウンターの方に目を向ける。

カウンターの中には顔立ちの整った青年・家頭清貴がいる。黒いベストにスラックス、白いシャツ、二の腕にアームバンドという、いつものスタイルで仕事をしていた。

帳簿をつけていた彼は、すぐにわたしの視線に気が付き、にこりと微笑む。

わたしは笑みを返して、すぐに手を動かす。

俯いたままの状態で、やっぱり、と息を呑んだ。

彼は、『ホームズ』と異名を取るだけあり、とても鋭い。

人の些細な言動を見逃さず、時に心が読めるのか、と思わせるほど、考えていることを言い当てる。

だが、そんな彼も四六時中、鋭いわけではない。彼の人並み外れた観察眼が力を発揮するのは、彼自身が、そこにアンテナを向けている場合に限ってのこと。

読書や勉強など何かに集中している時は、彼の鋭さは半減する——といっても普通の人に比べたら鋭いのだが、今のように帳簿をつけている際、わたしがこっそり窺っても視線に気付かないこともあった。

だが、最近は違っている。

ちょっとでも目を向けると、彼はすぐに反応する。

間違いなく、いつも以上にわたしを意識している。

それはすなわち、わたしの執拗な視線に気付いているということ。

わたしの思惑も分かっているのかもしれない――。

*

彼は帳簿を閉じて、わたしの方を見た。

「――最近、僕の方をチラチラ見ていますが、何か企んでいませんか？」

厳しい声に、わたしの肩がピクリと震えた。

「まさか、あなたまで、相笠《あいがさ》先生のようなことはしませんよね」

何も言わずにいると、容赦なく彼は次の言葉を続ける。

「黙っているということは、認めるんですね――お父さん？」

やはり思惑に気付いていたか、とわたしは観念して顔を上げた。

いやぁ、と頭を掻いて、誤魔化すように笑った。

「最近、わたしにも現代小説の依頼が来てね。引き受けることにしたんだ」

『現代小説』とは、読んで字のごとく現代を舞台にした作品ということだ。

「それは、珍しいですね」

「ああ、久しぶりだよ」

わたし、家頭武史は主に時代小説を書いている。それが、なかなかの人気を呼んでいるため、現代を舞台にした作品の依頼はあまり来ない。

また、来たとしても、『今のわたしなら、時代小説の方が需要があると思うんですよ』などと言って、得意の時代小説を売り込んでいた。

だが、最近心境の変化があった。これまでと違うものを書くのも良いかもしれない、と思い始めていた。そんな時、現代小説の依頼が入ったのだ。

「それで、君を主人公に書けたらと……」

「……まったく、勘弁してください」

と、清貴は、肩を下げる。

その口調は乗り気ではないが、とことん拒否しているわけでもない。清貴が本気でやめてほしい時は、もっと威圧的になる。

これは強めにお願いしたら、しぶしぶ了承してくれそうだ。

そう判断したわたしは、構わずに話を続けた。

「それでわたしは、『叙述ミステリ』を書こうと思ったんだ。で、今、練習を兼ねて書いていたんだよ」

清貴は、ぱちりと目を見開いた。

「『叙述ミステリ』の練習を？」

「そう、この『蔵』の店内でのことを書いていたんだ。読み手には『葵さん目線』の話かと思わせて、実はその語り部は、この『わたしだった』という」

わたしは店内を見回して、ふふっ、と笑う。

読み手にすべてを明かさず、他のものに注意を向けさせて、最後に真相を明らかにする。

今回の場合は、『葵さん目線の話だと思ったのに、店長目線だったんだ』という状態である。

もちろん、読者には葵さんだと思わせておきながら、葵さんではない部分、つまりは別人であるヒントもしっかり書かなくてはならない。

たとえば、葵さんの一人称がこれまで『私』と漢字表記だったなら、『わたし』と平仮名で書き、他の描写もほんの少し違和感を与え、『葵さんのようだけど、少し違うような？』と思わせておく。そして、種明かしだ。

その際は一瞬の戸惑いとともに、これまでの違和感を思い返して、『そうだったのか。そういえば何かおかしいと思った』と納得感を与える。

これが、叙述ミステリだ。

現代ものの依頼が来た時、わたしはミステリを書きたいと思った。

だが、華麗なトリックを使ったミステリは自分には向いていない。

しかし、文章で欺くトリックならば、書けるかもしれないと思ったのだ。

そんなわたしの心情を話すと、清貴は小さく息をついた。

「叙述ミステリは、やめておいた方が良いですよ」

えっ、とわたしは驚いて顔を上げる。

「なぜかな？　君も叙述ミステリは好きでよく読んでいるだろう？」

「好きですよ。好み云々の話ではなく、今のお父さんがそれを書くのはやめておいた方が良いと思う、という話です」

「どうしてだい？」

「お父さんは、メディアミックスを狙って、僕を主人公に書こうとしているんですよね？」

メディアミックスとは、複数のマスメディアを組み合わせて作品展開することだ。

小説界隈では、作品を原作としてドラマ化や映画化、舞台化することを指している。

ずばり言われて、わたしは一瞬呼吸を忘れた。

「なぜ……」

そう思うんだい？　という言葉を口にする前に、清貴は話を続ける。

「お父さんの書く作品は人気がありますが、未だメディアミックスされていません。おそらく時代小説に求められるだろう勧善懲悪よりも、人の心の機微《きび》に焦点を当てていて、なおかつ少しドロドロしているからだと思うのですが」

その通りである。

「ある日、親交のある作家――相笠くりす先生の新作が発売された、そしてすぐに舞台化が決まった。その作品は自分の息子をモデルにしたミステリだった。これには多少なりとも衝撃を受けたはずです」

まったくもって、その通りである。

「そんな折、お父さんの許に現代を舞台にした小説の執筆の依頼がきた。お父さんはこれを好機と受け取り、『それなら自分も』と僕をモデルにミステリを書こうと思った――、違いますか？」

わたしは何も言えないまま、額に手を当てる。

実のところ、自分でも気付いていなかったのだ。

これまで交流のある作家たちの作品が、ドラマ化、映画化、アニメ化、舞台化と、メディアミックスされてきた。

もちろん、羨ましい気持ちはあった。しかし、自分の書くものが、メディアミックスに向いていないと自覚をしていたし、そのうち縁があれば自分にも話がくるだろう、と悠長に構えていられたのだ。だが、相笠くりすが清貴をモデルに作品を書き、その作品の舞台化が決まった時、わたしの胸は騒いだ。

清貴の一番近くにいたのはわたしだったのに、と悔しさを覚えたのだ。

それならば、わたしも清貴をモデルに書こう。

そんな、突き動かされるような衝動に駆られた。

胸に湧き上がった悔しさは、単に自分の近くにこんなに良い素材があったのに、それに気付かず、他の作家に先に書かれてしまったことが原因だろうと思い込んでいた。

その裏側には、『自分の作品もメディアミックスされたい』という、切なる願いが隠されていたのだ。

清貴に自分では気付かなかった心の闇を言い当てられただけではなく、さらに内臓の奥深くに隠れていた膿《うみ》を素手で取り出された気分だ。

「……ところで、なぜ、叙述ミステリは反対なんだい？」

心の衝撃が少し落ち着いてから、わたしは話を戻す。

清貴は、それはもちろん、と当たり前のように言う。

「メディアミックスには向かないからですよ」

あっ、とわたしは口に手を当てた。清貴はそのまま話を続ける。

「叙述ミステリは、文章だからこそ光る設定です。もちろんメディアミックスされた作品も多々ありますが、制作の際には相当の工夫が必要になってしまうもの。かなりの人気作品じゃないと難しい気がするんですよね。向き不向きで言えば、向かないジャンルかと」

それは、そうだ。

女だと思わせて、男だった。

娘だと思わせて、母親だった。

そんなふうに文章で騙すのが、叙述ミステリだ。

それが映像化された場合、はっきり言って丸見えだ。

よほど工夫をしなければ、視聴者を騙すことができない。

「本気でメディアミックスを狙うなら、特別な工夫をせずに映像化しやすい話を書いた方が良いでしょうね……」

清貴は腕を組み、天井を仰ぎながら言う。やがて、わたしに視線を移した。

「すみません。出すぎましたね」

いや、とわたしは首を横に振る。

「相変わらず、鋭すぎる君に恐れを抱いていただけだよ」

メディアミックスされたいという自分の気持ちに気付いていなかったため、それが叶いそうな話を書くという考えに至らなかったのだ。

「そうでしたか。顕在意識では気付いていなかったんですね。それは、重ね重ね失礼しました」

と、また、すぐにこちらの胸の内を察する。

本当にこの息子は……、とわたしは額に手を当てた。

その時だ。

「おはようございます」

カラン、とドアベルが鳴って、葵さんが店内に入ってきた。

今は午後だが、うちでは店に入る際の挨拶に『おはようございます』を使うことが多い。

一気に店の空気が明るく華やいだ。

「おはようございます、葵さん」

わたしと清貴の声が揃った。

清貴は、彼女を前に嬉しそうに微笑んでいる。

彼の心の中は、その笑顔以上にデレデレだろうが、そこまでは表に出していない。一見、落ち着いた柔らかな笑顔で彼女を迎えていた。

葵さんは、よろしくお願いします、とお辞儀をして、わたしに視線を移す。

「店長、頭を抱えてどうしたんですか？」

「今、清貴にいじめられていたところでね」

わたしがそう言うと、葵さんは、ええっ、と弾かれたように清貴の方を見た。

「ホームズさん、本当ですか？」

「いえいえ、そんなことは」

慌てている清貴の姿を見て、わたしの溜飲が少し下がる。

すぐに、冗談ですよ、と微笑んで見せた。

「実は、今度舞台化される相笠さんの作品の話をしていたんですよ」

そう言うと、葵さんは、わっ、と花が咲くような笑顔を見せた。

「葵さんは、楽しみなんですね？」

「もちろんです。市片《いちかた》喜助《きすけ》さんがホームズさん役なんて待ちどおしくて仕方ないです」

と葵さんは胸の前で手を組むも、でも、と息をついた。

「公演は結構先なんですよね」

「ええ、たしか、七月の終わりだとか……」

と、わたしはカレンダーに目を向ける。

舞台公演は、夏休みの頃だそうだ。

今は、二月になったばかり。

「きっと、アッという間ですよ」

「そうですよね」

と、葵さんははにかみ、でも、と首を捻った。

「相笠先生の作品の話から、ホームズさんが店長に意地悪を？」

「ですから、葵さん、意地悪は言ってないんですよ」

「清貴は鋭すぎることを言っただけなんです。まぁ、それはいつものことなんですが」

その言葉を聞いて、葵さんはすぐに納得したようだ。

清貴は、こほん、と咳払いをして、話題を変えた。

「そうそう、今度、小松さんの事務所が、澪人くんの仕事を手伝うことになったんです。もしかしたら、何日か留守にするかもしれません」

葵さんは既に聞いていた話のようだ。特に驚いた様子もなく、了解です、と答える。

「お父さんが忙しい場合は、利休に店番をお願いしますので」

「分かりましたよ。ところで、澪人くんの仕事とは？」

と、訊いてすぐに、申し訳ない、とわたしは肩をすくめた。

「こういうことは、洩らしてはいけないことなんだよね」

曲がりなりにも探偵事務所なのだ。

そうですね、と清貴は大きく首を縦に振るも、ですが、と続けた。

「一つは、『探偵』ではなく、『鑑定』の仕事なんですよ」

清貴の言葉を聞いて、えっ、と葵さんが驚いたように顔を上げた。

「鑑定のお仕事だったんですか？」

どうやら、このことは初耳だったようだ。

「ええ。それで今、お誘いしようと思っていたんです。葵さんも良かったら、ご一緒しませんか？」

「私も良いんですか？」

「もちろんです。澪人くんもぜひと言っていました」

「でしたら、嬉しいです」

葵さんは明るい表情の中にも、強い眼差しを見せた。

鑑定と聞くと、途端に熱量が加わる。

やはり葵さんは、清貴の婚約者であると同時に、弟子なのだろう。

わたしは、うんうん、と相槌をうち、「それじゃあ」と訊ねた。

「澪人くんから来たお仕事は、一つじゃないということなんだね？」

ええ、と清貴は答える。

「もう一つの方が、僕を含めた小松探偵事務所への依頼です。依頼内容はお伝えできないのですが、実のところまだ詳しい内容は聞いていないんですよ。ただ、一つだけ澪人くんに少し奇妙なことを訊かれたんですよね」

「奇妙なことって？」

と、わたしと葵さんの声が揃う。

「『清貴さん、怪異に耐性はありますやろか？』と……」

――怪異。

「というと、いわゆる心霊現象だね？」

わたしが確認すると、そうですね、と清貴は腕を組む。

「ホームズさんはなんて答えたんですか？」

「『どうでしょう？』と曖昧な返事しかできませんでした。実際、自分に耐性があるかどうか分からないので」

苦笑している清貴を前に、葵さんが遠慮がちに口を開いた。

「たぶんですが、ホームズさんは大丈夫だと思います」

清貴は少し驚いたように、葵さんを見た。

「どうして、そう思われますか？」

「だって、この前の祇園の幽霊騒動の時も、昔、秋人さんの親戚の家で怪異が起こった時も、平気そうでしたし」

祇園の幽霊騒動は知っている。

それも小松探偵事務所に来た依頼であり、清貴たちが見事に解決したという。

だが、馴染みの俳優・梶原秋人の親戚の家での怪異の話というのは、初耳だった。

「梶原家親戚宅で、一体どんな怪異が？」

これは良いネタになりそうだ。

わたしは、すぐにメモ帳とペンを用意する。

だが、清貴は葵さんの方を向いたまま今思い出したかのようにうなずいた。

「そういえば、そんなこともありましたね。懐かしいです」

「あの時、私も秋人さんも怖くて震えあがったというのに、ホームズさんだけは少し楽しそうでしたし」

「楽しかったのは、あなたがた二人があまりに怖がっていたからですよ。怪異以上に面白さの方が勝ったんです」

「ええっ、酷いです」

と、葵さんは、少し悔しそうに上目遣いを見せる。

お約束通り、清貴はそんな彼女の姿に胸を射貫かれたようで、口に手を当てた。

しかし、今は仕事中だ。のろけるのは堪えたようだ。

「鑑定は、今度の土曜日になりそうなんですが、大丈夫ですか？」

「あ、はい。元々、ここでバイトの予定でしたし」

でも、と葵さんは少し心配そうに、わたしに視線を送る。

「わたしは大丈夫ですよ。しばらくの間、ここでじっくり新作に取り掛かるつもりでしたから」

叙述ミステリのネタはボツにしたばかりなので、書くことは決まっていないのだが、と心の中で付け足す。

だからこそ気になるネタには敏感だ。

「ところで、梶原家親戚宅で一体どんなことが？」

つい、葵さんに向かって前のめりになると、

「お父さん、そんなに葵さんに詰め寄らないでください」

と、清貴はわたしの体を押し戻す。

そして葵さんに向かって、先ほどの話を続けた。

「怪異への耐性ですが、思えば僕は、怖さよりも好奇心の方が勝るので、もしかしたら、大丈夫かもしれません」

「そうですよ。大丈夫ですよ」

「葵さんに太鼓判を捺していただけたのですから、自信を持とうと思います」

などと、二人はなごやかに話している。

蚊帳の外に放り出されたわたしは、ぶすっとしてノートを開き、『叙述ミステリの構想案』という文字に大きくバツ印を書いた。

2

――約束の日。

私はホームズさんが運転する車に乗って、北へ向かっていた。

車はこれまでの社用車ではなく、新しい車だ。

この車を購入したのは少し前で、今月――二月に入ってから納車となった。

『先ほど車を受け取りました。このまま迎えに行きますので、良かったら少しだけドライブしませんか？　誰よりも先にあなたに助手席に乗ってもらいたいんです』

ホームズさんからそんなメッセージが届いた際、私は『光栄です』と、二つ返事で了承した。

初めての『少しだけドライブ』は、『きぬかけの路』を走ろうということになった。

『きぬかけの路』とは、金閣寺《きんかくじ》、龍安寺《りょうあんじ》、仁和寺《にんなじ》、嵐山《あらしやま》をつなぐ観光道路だ。

緑が豊かで、春は桜、秋は紅葉が美しく、ハイキングやサイクリング、そしてドライブコースとしても人気がある。

その日、私たちは『きぬかけの路』を通って嵐山までドライブをし、福田《ふくだ》美術館へ行って季節の展示を堪能したり、和カフェでお茶をしたりと楽しい時間を過ごした。

――そんなわけで、私がホームズさんの車に乗るのは二度目だ。

今回の仕事は鑑定がメインなので、小松さんたちは同行していない。

今、車内には、私とホームズさんだけだ。

ラジオからは、地元放送局の番組が愉しげに流れている。

それにしても、と私は窓の外を眺めた。

行き先は、『中川《なかがわ》』という京都北部の山間地域だと聞いていた。

私が住んでいるのも、京都の北側――洛北なので、そう遠くないだろうと踏んでいたのだけど、走り出してからもう四十分が経とうとしている。

すると、運転席でホームズさんが小さく笑う。

「もうすぐ、着きますすよ」

また考えていることを読まれてしまった。

私は気恥ずかしさを覚えながら、ホームズさんの方を向く。

「中川って、結構遠いんですね？」

「まあまあですね。葵さんの家からは五十分くらいでしょうか。京都駅からでしたらバスで一時間半はかかります」

でも北区なんですよ、とホームズさんは付け加えた。

「そういえば、京都に来て間もない頃は左京区の広さに驚かされましたけど、北区も広かったんですね？」

左京区は私の住む下鴨エリアを中心に、南は岡崎から、北は大原、そして鞍馬山に至るまでと広大だった。

「北区もまあ広いですね。京都市では三番目でしょうか」

「一番はやっぱり、左京区ですよね？」

「いえ、右京区です」

その答えが意外であり、私はぱちりと目を瞬かせた。

「そうだったんですね。てっきり左京区かと……」

「右京区は近年、京北町と合併したので広くなりました。左京区は僅差で二番手です。その次の北区は右京区の約三分の一程度の大きさですが、それでも広いです。あとは、どんぐりの背比べでしょうか……。ちなみに一番小さい区は下京区なんですよ」

下京区は、四条烏丸から四条河原町、そして京都駅も含まれる。

駅もバスターミナルも繁華街もビジネス街も入っている。面積が小さくても、京都で最も人が行き交う区といえるだろう。

思いがけず、新たな京都マメ知識を得られた。

まだまだ、知らないことがあるものだ。

「約束の時間まで結構余裕がありますし、せっかくですから、北区の山間地域の社寺を回ってみましょうか。賀茂川の源流も見ることができるんですよ。その後にランチにしましょう」

ぜひ、と私は張り切ってうなずく。

ホームズさんは運転をしながら、北区の山間地域の説明をしてくれた。

これから向かう『中川』の他に、『小野郷《おのごう》』、『雲ケ畑《くもがはた》』と三つのエリアに分けられるという。

「林業などが盛んでしてね。自然豊かで美しいところなんですよ」

ホームズさんの言葉を聞いて、私は窓の外に目を向ける。

気が付くと、すっかり田舎の風景へと変わっていた。

今は冬なので、少し寂しい雰囲気だ。けれど、この辺りは春になれば新緑が輝き、秋は紅葉が鮮やかに色付くのだろう。

「まずは、小野郷の『岩戸落葉神社《いわとおちばじんじゃ》』を詣りましょう。そこは『源氏物語』にも登場する神社なんですよ」

そう言ってホームズさんは緩やかにハンドルを切り、山道を軽快にドライブする。

周山《しゅうざん》街道を北上し、清滝《きよたき》川と岩戸《いわと》川の合流する地点まで来た時、朱色の鳥居が見えてきた。

私たちは車を降りて、鳥居を仰ぐ。鳥居の中心には、『岩戸』と『落葉』の文字が横に並び、その下に『神社』と記された額が見えた。

鳥居の横の石碑にも、同じように記されていた。

「変わった書き方をしているんですね……」

「ここは、相殿《あいどの》社なんですよ。『岩戸神社』は元々少し離れたところにあったんですが、災厄があって、ここに移されたんです」

「それで、こうして二つの名前が横並びになっているんですね」

鳥居の先に、舞殿が見える。さらにその向こうには、小さな社が二つ並んでいた。

御祭神は、『天御衣織女稚姫神《あめのみそおりひめわかひめのかみ》』、『弥都波能売神《みづはのめのかみ》』、『瀬織津比咩神《せおりつひめのかみ》』だそうだ。

「元々、『岩戸神社』は、大社だったんですよ」

大社とは霊験特に著しく、人々の信仰が厚く、さらに皇室とつながりもあるという、特別の扱いを受ける社のことだ。

「一方の『落葉神社』は朱雀天皇《すじゃくてんのう》の皇女、二《に》の宮《みや》の縁の社なんです。二の宮は通称『落葉姫』といいました」

そこまで聞いて、私は、あっ、と小さな声を洩らした。

「『源氏物語』のモデルになったというのは、『落葉の宮』のことですか？」

そうです、とホームズさんは大きく首を縦に振る。

落葉の宮の話は、光源氏が中心ではなく、光源氏の息子・夕霧《ゆうぎり》とその親友、柏木《かしわぎ》とのエピソードだ。

「たしか、結構、切ないというか、やりきれないような話でしたよね……」

落ち葉の宮は、朱雀帝の第二皇女（女二の宮）。

柏木と結婚をするのだが、柏木はというと、他の女性に夢中だった。

その相手は、落葉の宮の異母妹であり、光源氏の妻、女三《おんなさん》の宮《みや》。

柏木は、許されぬ恋に身を焦がし、思い悩んでいた。

自分のことでいっぱいいっぱいの柏木は、正室である落葉の宮をまったく大切にせず、それどころか、『つまらない落ち葉をもらってしまった』といった歌まで詠んだ。

（そのことから、女二の宮は、『落葉の宮』などと呼ばれてしまうことになる）

そんな柏木も心労が祟り、若くして亡くなってしまうのだが、死の淵に立った際、さすがに妻には申し訳なかったと思ったのだろう。

いまわの際、親友の夕霧に『妻を頼む』という言葉を残した。

さて、この夕霧、時々軽薄だった光源氏とは違い、とても生真面目な男だった。

夕霧は、親友の言葉を律義に守り、マメに落葉の宮を見舞うようになる。

しかし落葉の宮としては、そんな夕霧がわずらわしくてならない。

夫の親友だから……、と断れずに会っていたのだ。

だが、そうしていくうちに、夕霧は落葉の宮に恋をしてしまう。

これまで真面目に生きてきた夕霧のはじめての情熱的な恋は、とことん不器用で、女心も分かっておらず、何もかもが裏目に出る。

落葉の宮としては、夕霧の妻（の一人）になるのが嫌でたまらず、拒否をし続ける。

だが、母を亡くし、頼れる者もいなくなり、一人では生きていけないと悟った落葉の宮は、仕方なく夕霧の許に嫁ぐ――。

やはり、なかなか世知辛いエピソードだ。

私は複雑な気持ちで、社を仰ぐ。

「実在した落葉姫も……落葉の宮のような方だったんでしょうか？」

どうでしょう？　とホームズさんも社に目を向けた。

「実在した落葉姫は、物語と違いまして、好まぬ男の許に嫁ぐことなく、この地で余生を送られたそうですよ」

「そうなんですね。なぜ、紫式部は、落葉姫をモデルに落葉の宮のエピソードを書いたんだろう……？」

と、私はぽつりと独りごちる。

『源氏物語』の落葉の宮の人生は二人の男に振り回され、気の毒に思えるほどだった。

ここで、穏やかに余生を送った落葉姫を、そんな過酷な物語の主人公にするなんて、とこれまた気の毒に思える。

「紫式部は、落葉姫と面識はないんですよね？」

「そうですね。落葉姫は朱雀天皇の時代で、紫式部は、それから五代後の一条天皇の時代に宮仕えをしていた作家ですので、生きた時代が違うんですよ」

つまり、紫式部は、落葉姫が亡くなった後の時代の作家。

落葉姫のエピソードを聞いて、着想を得たのだろう。

そんなことを思っていると、ホームズさんがぽつりと口にする。

「当時、落葉姫のように、ひっそりと余生を送った女性は、多くいたと思うんです。人間の本質は今も昔もそう変わりなく、そんな女性を勝手に憐れむ声はあったことでしょう。ですが、意に沿わぬ男の許に無理やり嫁がされて、仕えなくてはならないのも窮屈なもの。それなら世間のわずらわしさから離れて、伸び伸び暮らすのも悪くないのではないか――ということを伝えたかったのかもしれませんね」

そういえば、『源氏物語』には、女性を励ますようなエピソードが多い。

光源氏の恋の相手は、高貴で美しい女性だけではなく、身分が低かったり、容姿に秀でていない女性もいた。

それは読み手に『もしかしたら、私も高貴な人の恋の相手になりえるのかもしれない』という、希望を与えただろう。

落葉の宮のエピソードも、一人で余生を送る女性に対して、『意に沿わぬ男の側で、窮屈な毎日を送るよりも、今の方がずっと気楽で良いと思うよ』というメッセージがあったのかもしれない。

「実のところは、分かりませんがね」

と、ホームズさんは微笑む。

「でも、そう思えば、気持ちも明るくなりますね」

「そうですね。では、参拝しましょうか。ここは、交通安全のご利益があると言われているんです」

「あっ、それはホームズさん、ちょうどいいですね」

私たちは、岩戸神社、落葉神社と二つの社を詣った。

拝礼を終えて、ぐるりと境内を見回すと、大きな木が鳥居の上に覆いかぶさるように枝を伸ばしているのが見える
「あれは、イチョウの木ですね。ここは、秋になると境内がイチョウの葉で埋め尽くされて、黄色の絨毯になるんですよ」

その様子を想像し、私は頬を緩ませる。

とても、美しい光景だろう。

「それはぜひ、秋にまた来たいです」

「喜んでお連れします」

私たちは顔を見合わせて、ふふふと笑い合った。

3

次に向かったのは、『岩屋山《いわやさん》　志明院《しみょういん》』という山の中の寺院だった。

この境内に、賀茂川(鴨川)の源流があるという。

車を停めて石の階段を上った先に楼門が見える。

歴史の深さを感じる古めかしい楼門だった。

思わず、足を止めさせる荘厳な佇まいだ。

楼門の向こうにも、階段が続いている。

まるで別の世界への入り口のようであり、鳥肌が立つような感覚がした。

「すごいところですね……」

「ええ、雰囲気があるでしょう? あの古い楼門は、室町時代に建てられたもので、一部は当時のままだそうです」

どうりで、と私は息を呑む。

「ここは白雉《はくち》元年(六五〇年)に修験道《しゅげんどう》の開祖、役行者《えんのぎょうじゃ》が開山し、天長《てんちょう》六年(八二九年)に、淳和《じゅんな》天皇の勅命を受けた弘法大師空海が創建したと伝えられています」

境内には空海が修行したと伝わる洞窟や、龍神を祀る鉾《ほこ》、そして賀茂川の最初の一滴が染み出ているといわれている岩などがある、とホームズさんは話してくれた。

はああ、と私は圧倒されながら相槌をうつ。

「楼門の向こうは霊場でして、写真撮影はNGとのことです」

「まさに霊場という感じですね」

この感覚は以前、貴船《きふね》神社の奥宮や丹後の眞名井《まない》神社へ行った時と似ている。

人のための社というよりも、山の神々や精霊が棲まう地、聖域なのではないか、と思わされるほど、崇高な雰囲気がある。

思えば、貴船神社の奥宮も眞名井神社も龍神――水にまつわる神様を祀る地だ。

龍神が棲まう地は、透明度の高い冷えた水のように清浄で、ピリッと引き締まるような空気を纏っているのかもしれない。

楼門を前に、しみじみそんなことを思っていると、

「こんにちは」

坊主頭で作務衣を纏った男性が両手を合わせて、ぺこりとお辞儀をした。

私たちも、こんにちは、と頭を下げる。

志明院さんのご住職ですよ、とホームズさんが教えてくれた。

「この寺は、寺号を金光峯寺《きんこうほうじ》というんですが、通称は『岩屋不動《いわやふどう》』なんて呼ばれています。春は石楠花《しゃくなげ》が綺麗に咲くので、観に来てくれはる方も多いですよ」

住職はにこやかに説明をしてくれる。

たしか、とホームズさんが確認するように訊ねた。

「この寺に司馬遼太郎《しばりょうたろう》が身を寄せていたことがあったとか」

「司馬遼太郎って、あの作家の？」

私は少し驚いて、ホームズさんを見る。

時代小説は、店長の作品くらいしか読んだことがない私でも、司馬遼太郎の名前は知っている。『竜馬がゆく』『燃えよ剣』など、映像化された作品も多い。

住職が、ええ、とうなずいた。

「司馬遼太郎は、ここに籠って執筆をされていたことがあるんです。その際、たくさん不思議な体験をされたそうで、『魑魅魍魎《ちみもうりょう》の寺』や言うてました」

「魑魅魍魎の寺？」

思わず訊き返した私に、そうです、と住職は首を縦に振る。

「当時は電気も通ってなく、夜になったら行燈《あんどん》の光を頼りに執筆をしていたそうなんです。そうしたら、どすん、どすんと力士が四股を踏むような物音がしたり、赤ん坊の泣き声が聞こえたり、勝手に襖が、ス〜ッと開いて、火の玉を見たそうで」

こんな山奥の寺に泊まり込んで執筆していたら、怪異にも遭遇しそうなものだ。

私が身を縮めている横で、ホームズさんが興味深そうに相槌をうつ。

「司馬遼太郎のその話ですが、たしか、彼のエッセイ集『司馬遼太郎が考えたこと』の第一巻の『石楠花妖話』に書かれていましたよね」

「ええ、寺の名前ははっきり出してませんけど、うちのことです」

住職は笑いながら、あっさり答える。

あの、と私は前のめりになった。

「ご住職は、このお寺で不思議な体験をされたことはないんですか？」

「ないんですよ。わたしは生物の勉強もしていたので、夜に聞こえる奇妙な声はトラツグミやな、変な音はモモンガやな、と分かってしまうので怖くないんですよね。こう言うとロマンがないのですが」

ホームズさんは、大きく首を縦に振る。

「分かります。僕もそういうタイプなので」

少し羨ましく感じる。

ただ、と住職は続けた。

「幼い頃、不思議な体験をしたことがあります。小さい頃やったし、今となっては、『夢なんやろか』とも思っているんですが、それでも、今もハッキリ覚えているんですよ」

「どんな体験ですか？」

「口に出して言うと滑稽なのですが、そこの山で天狗に会ったんです。天狗はイメージそのままの姿でした。団扇のような大きな葉を持って、一本歯の下駄を履いていて、木の枝の上にしっかりと立っていましてね。わたしはもう、怖くて転がるように降りてきました」

夢だったのかもしれませんが、と住職は山を振り返る。

「そっちの右側の山は、天狗が出るって話が昔からありましてね、そのことを聞いていたのもあったと思うんです。不思議な体験はそれきりですね」

住職の話を聞きながら、自分も不思議な体験をした気持ちになり、私は静かに息を呑んだ。

「では、どうぞ、ゆっくりお詣りしていってください。うちの寺、近年は、『パワースポット』って喜ばれているんですよ」

住職はにこりと笑って、会釈をする。

ありがとうございます、と私とホームズさんは住職に礼を言い、楼門の手前でお辞儀をしてから、門を潜る。

石の階段は、落ち葉で埋まり、木の根が張りめぐらされた山道のままだ。

右側に、鐘楼《しょうろう》が見えた。なかなか大きな梵鐘《ぼんしょう》だ。

階段を上りきった先に本堂があった。

「一説によると、本堂の金剛力士像は、運慶《うんけい》とその実子・湛慶《たんけい》の作とも言われているんですよ」

私たちは、本堂の前に並んで立ち、手を合わせる。

「——空海が修行をした洞窟はこっちなんですよ」

拝礼を終えて、ホームズさんは左側に延びる細道を進んだ。

山肌に沿うように歩いていくと、先にぽっかりと空洞が開いていた。

もし龍がいて、普段は蛇のように穴の中にいるとするならば、こんな洞窟なのではないだろうか。

中は暗く、ロウソクの明かりが仄かに石仏を照らしていた。

背筋が伸びるような心持ちになる。

「住職は、『パワースポット』なんて言っていましたけど……なんていうか、ここはそんな生半可な感じじゃないですね……」

静かにつぶやくと、ホームズさんは、本当ですね、と微笑んだ。

ここで手を合わせてから、今度は賀茂川の源流を目指す。

本堂の側に階段があり、そこをひたすら上っていくと、鉄骨で組まれた舞台が見えた。

昔は木造だったが、朽ちるため、作り直したのだという。

舞台に上がると、大きな岩があり、そこからポタポタと水が落ちている。

「これが、賀茂川の源流と言われているそうです」

ここから滴り落ちた水滴が、水溜まりとなり、小さな川となり、やがて京都の誰もが知る鴨川につながっていると思うと不思議な気持ちだ。

とはいえ、ここに限らず、どんな川も源はとても小さなものなのだろう。

人の縁もそうなのかもしれない。最初は小さなつながりも、それがいつしか大きなものとなっていく。そう思うと、神聖な気持ちになる。

「ここに来られて良かったです」

しみじみとつぶやくと、ホームズさんは嬉しそうに目を細めた。

「喜んでいただけて嬉しいです。もうお昼過ぎましたね」

「本当ですね。少しお腹がすきました」

「ランチに行きましょうか。寺の近くに美味しいお蕎麦を食べられるお店があるんですよ」

そう言ってホームズさんが、手を差し伸べる。

はい、と私はうなずいて、その手を取った。

私たちは志明院の近くの飲食店に入り、そこで蕎麦と天ぷらのセットを注文した。

山の幸がたっぷり入った温かい蕎麦はとても美味しく、冷えた体に染み入るようだ。

食べ終えて、時計を見ると午後一時半。

澪人さんからは、午後二時に来てほしいと言われているそうだ。

そろそろ、と私たちは依頼人の許へ向かうことになった。


再び車に乗り込み、依頼人の家へと走りながら、ホームズさんはあらためて、これから向かう『中川』について説明をしてくれた。

「林業が盛んな北区の山間地域ですが、中川は特に『北山杉』の生産で知られているんですよ」

そう言った後、ホームズさんは、見てください、と窓の外に目を向けた。

「あれが、北山杉です」

視線の先には、枝が切り落とされ、天辺だけ葉が残っている木々がある。

「なんだか、つくしみたいなシルエットですね……」

つくしですか、とホームズさんは愉快そうに笑う。

「北山杉は定期的に枝を切って木を育てていくんです。ああして、枝をマメに切り落とすことで、年輪がギュッと詰まった堅くて丈夫な幹になるんですよ。その幹を丁寧に磨き上げることで、それは美しい一本の柱になるんです」

へぇ、と私は話を聞きながら相槌をうつ。

「今回の依頼人さんは、中川で林業を？」

「僕も詳しくは聞いていないんですが、中川に住んでいたのは、依頼人ではなくて、亡くなったお父様だそうです。遺品の整理をしていたところ骨董品が出てきたそうで、価値を知りたいと……」

「それで鑑定士を紹介してほしいという話になったんですね」

よく聞く話であり、私は納得しながら、相槌をうつ。

「その亡くなられたお父様は、澪人さんのお祖父様のご友人だったそうです」

「そういうつながりだったんですね」

そして澪人さんからホームズさんの許にこうして仕事が舞い込んでくるのだから、京都の横のつながりには、毎度感心させられる。

ホームズさんは、ああ、と首を伸ばした。

「あそこに見える家がそうです」

白い塀の向こうに、瓦屋根の純和風邸宅と土蔵が見える。

洛中ではなかなか見ない大きさだ。古めかしいものの寂れた感じがしないのは、手入れが行き届いているからだろう。

私は助手席の窓から見上げて、わぁ、と声を上げた。

「横に土蔵まで……立派なおうちですね」

「ええ、かなりの資産家だったようですよ」

正門の前には、水干《すいかん》に烏帽子《えぼし》をかぶり、祓串《はらいぐし》を手にしている男性の姿があった。

「あれは、神主さん……？」

「澪人くんですよ」

えっ、と私は目を瞬かせる。

私たちに気付いた澪人さんは、こちらを向いて会釈をした。

そして横の駐車場に停めるよう、ジェスチャーで示す。

ホームズさんは会釈を返して、彼の指示通り車を停め、私たちはそのまま車を降りて、正門へと向かった。

『遠藤』という立派な表札の前に、水干を纏った澪人さんが立っている。

元々人間離れした美貌の持ち主だというのに、神主のような姿でここに立っていると、まるで山神の遣いが降臨したかのようだ。

「清貴さん、葵さん、こんにちは」

澪人さんは近付く私たちに向かって、お辞儀をする。

相変わらず、麗しさを具現化したような人だ。

「こんにちは、澪人さん。今日は私まで同行を許してくださって、ありがとうございます」

私が頭を下げると、澪人さんは、いえいえ、と鷹揚に首を横に振った。

ホームズさんはというと、澪人さんの姿を上から下まで見て、不思議そうに訊ねる。

「今日は古美術の鑑定と伺っていましたが、そのお姿は？」

「午前中仕事がありまして。着替えてからと思てたんやけど、なんや、ここでもお祓いをすることになりまして」

「そうでしたか」

「ちなみに祓うんはどんな格好でもできるんやけど、こういう出で立ちの方が、納得してくれるさかい」

「ああ、そういうものでしょうね」

そんな話をしている二人の横から、私は、あの、と口を挟んだ。

「お祓いって？」

さっき聞いた話では、亡くなった父親が所有していた骨董品の鑑定をする、ということだったはずだ。

もしかしたら、この辺りでは、遺品のお祓いをする習わしもあるのだろうか？

そうでありますように、と祈るような気持ちで私は澪人さんの方を見る。

そんな私の気持ちを察してか、かんにん、と澪人さんは少し申し訳なさそうに眉を下げた。

「お父さんが亡《の》うなってしもたあと、なんや奇妙なことが起こるようになったそうなんや。きっと霊障やから、祓うてほしいて連絡が来まして」

えぇ……、と私は力ない声を出した。

怖いことは苦手なのだ。

ホームズさんは、少し心配そうに私を見た。

「……葵さん、骨董品はその名の通り古い物なので、鑑定の仕事を続けていくと奇妙な出来事に遭遇することもあるんですよ」

そういえば、以前も櫛かんざしに良くないものが憑いていて祓ってもらったことがあった。

「今回は澪人くんが同行してくれていますし、絶対に安全ですので、この機会に葵さんも一度経験しておくと良いと思うのですが……」

話を聞いていた澪人さんが、ふふふと笑う。

「絶対て。清貴さんにそないに信用してもろて光栄です」

ただ、とホームズさんは続ける。

「どうしても気乗りしない場合は、近くのカフェで待っていていただけたら……」

この辺りにも素敵なカフェがあるんですよ、とホームズさんが微笑む。

心霊体験は苦手だが、今は日差しがぽかぽかと暖かい午後だ。

霊媒のプロ（?）も側にいてくれるし、どんな状況でも楽しむホームズさんが一緒なら、大丈夫だろう。

「いえ、私も同行させてください」

私は心を決めて、拳を握り締めた。

4

「――ようこそ、いらっしゃいました」

私たちを迎えてくれたのは、にこにこと朗らかな中年男性だった。

自己紹介は、互いに玄関先ですませている。彼の名は、遠藤達夫《えんどうたつお》。四十代前半で、中肉中背。皮膚に炎症が起きているようで、顔が赤く腫れていた。

「達夫さん、お久しゅう」

「澪人くん、久しぶり。相変わらず、お姉さんとそっくりだね。杏奈《あんな》さんの活躍、テレビで観ているよ」

「おおきに、姉に伝えておきます」

澪人さんの姉はモデルとしてデビューし、今は女優としても活躍している。達夫さんが言うように、そっくりな姉弟だ。

「達夫さんと澪人くんは、家族ぐるみの付き合いをしているんですね？」

ホームズさんが確認をするように訊ねる。

そうなんです、と答えたのは達夫さんだった。

「昔、うちの父が澪人くんのお祖父さんを頼ったのがキッカケで、それから賀茂家とは親しくさせてもらっているんですよ」

なっ、と達夫さんは澪人さんの方を向く。

それまでの畏まった口調から、くだけた様子に変わっていた。

「ええ、今や親戚みたいなもんやね。それより達夫さん、その顔は……？」

いやぁ、と達夫さんは弱ったように頬に手を当てる。

「ここに来て山の中に入ったりしていたせいか、いつの間にか……でも、岡崎の自宅に戻って薬をつけると、すぐに良くなるんだ」

顔が腫れていたのは、一時的なことのようだ。

「それより、さっ、どうぞ」

と、彼は掌で、家に上がるよう促す。

お邪魔します、と私たちは会釈をして、家に上がる。

外観は古めかしかったが、中は真新しくて驚いた。

屋敷の中心に庭があり、板張りの廊下がそれを囲んでいる。

中庭には砂利が敷き詰められ、竹が三本と鹿威しが置かれていた。

つるりと肌触りの良さそうな白く美しい柱を見て、ホームズさんが、ああ、と私の方を向いた。

「これが、先ほど話していた北山杉ですよ」

「本当に綺麗な柱なんですね」

私は北山杉をまじまじと見て、しみじみとつぶやく。

ホームズさんは、それにしても、と家の中を見回して、感嘆の息をつく。

「中庭を巡る回廊がある家――、素敵ですねぇ」

ありがとうございます、と達夫さんは指先で頬を掻く。

「父は、侘びさびを好んでいたんですよ。母が亡くなって一人になってからは、この家に籠って、中庭を眺めながら、茶ばかり飲んでいました」

達夫さんの母親はちょうど一年前に他界したそうだ。

「父が倒れたのは、母の一周忌を終えて間もなくでね。そろそろ父を一人にしておけないから、と同居を考えていたんですが、その矢先でした」

「達夫さんがこの家に帰ってくる予定やったたん？」

澪人さんの質問に、彼は首を横に振る。

「わたしの仕事や子どもの学校の関係から今は中川での生活は難しくて、父に来てもらう予定だったんだ。父も最初は嫌がっていたんだけど、最近は寂しさがこたえたのか、自ら進んで荷造りを始めていて……でも今思えば、虫の知らせだったのかもしれないな」

父親の死因は、持病の悪化だという。

達夫さんは、閉じられた襖の前で足を止めて、ホームズさんを振り返った。

「父が死ぬ前に、『自分に何かあったら、このコレクションの価値を分かる人に識てもらうように』と言っていたものをここに集めました」

ホームズさんがうなずくと、達夫さんはそっと襖を開けた。

畳の上にモスグリーンの布が敷いてあり、その上に骨董品が並んでいる。

茶碗、茶釜、茶壺、棗《なつめ》、茶礼道具と、骨董品は茶に関連する品ばかりだ。

茶碗は、樂《らく》、瀬戸《せと》、織部《おりべ》と名作が箱と共に揃っている。

私とホームズさんは同時に、わぁ、と声を上げた。

「茶道具ばかり。とても素敵ですね」

「ええ、素晴らしいですね。箱まで揃っていて状態もいいです」

「ホームズさん、これは、『瀬戸黒茶碗《せとぐろちゃわん》』ですよね。久しぶりに観ました」

「そういえば、最近、『蔵』にも入ってきていませんでしたよね」

私たちが、わいわい言っていると、達夫さんが、へえ、と洩らす。

「その黒いのは、てっきり樂茶碗だと思っていました。瀬戸黒って、あの有名な『黄瀬戸《きせと》』の仲間なのかな?」

ホームズさんは、ええ、とうなずき、ちらりと私に目配せをする。

これは、私が説明するのを望んでいる、いわば合図だ。

「はい、ええとですね、瀬戸黒は、黄瀬戸と同様、安土桃山時代に美濃で焼かれた施釉《せゆう》陶器の一種です。黄瀬戸は黄釉のかかった瀬戸焼なんですが、瀬戸黒は窯から引き出して、すぐに冷やすことで鉄釉《てつゆう》を黒く発色させ、この色となります。そうしたこともあって、『引き出し黒』とも呼ばれるんですよ」

そこまで言って、間違っていなかっただろうか、と私はホームズさんの方を向く。

彼は『大丈夫です』というように微笑み、

「また、瀬戸黒は、織田信長が天下統一を図った天正時代に登場することから、『天正黒』とも呼ばれますね」

と、補足してくれた。

達夫さんは、そうなんだ、と感心したように息をついた。

「ここにある品は、すべて美術館に展示されていても良いレベルのものばかり。素晴らしいですね。お父様が心から茶道を愛していたのが伝わってきます」

どうも、と達夫さんははにかんだ。

「いやはや、父は茶道に心を奪われて、生涯をかけて骨董品を集めていたというのに、わたしはまるで興味がなくて、お恥ずかしい限りです……」

「いえいえ、そういう方は多いですよ」

「そや、達夫さんもこれから古美術にハマるかもしれへん」

ホームズさんと澪人さんがそう言うも、達夫さんは、いやぁ、と首を横に振る。

「やっぱり、自分にはよく分からないんだ。こんな自分が所有しているより、生前の父の言葉に甘えて、骨董品の価値が分かる人の許に届けられたら、という気持ちだった……、まぁ、有り体に言うと売ることを考えているんです」

その言葉を聞いて、ホームズさんの顔がパアッと明るくなる。

ぜひ『蔵』が買い取りたいと思っているのだろう。

でも、と達夫さんは目を伏せる。

「もしかしたら、父の本心は違っていたのかもしれないんです。父は、生前の言葉を額面通りに受け取って、大事なコレクションを売ろうとしている自分を怒っているのかもしれません……」

達夫さんの手が小刻みに震えていた。

それは、悲しみや悔やみではなく、『恐怖』であることが伝わってくる。

彼の様子を見て、それまで黙って話を聞いていた澪人さんが一歩前に出た。

「ここからは僕の管轄のようやね。達夫さんは、怪異が起こるて言うたはりましたけど、一体何が起こったんでしょう？　もしかして、お父さんが夢枕に立ったんやろか」

「いや、父が出て来たことは一度もないんだ。父の初七日、子どもが変なことを言い出したのが最初で……」

「たしか六歳にならはった息子さんやね？」

こくり、と達夫さんはうなずく。

聞くと息子さんは、祖父母が住むこの家が大好きで、週末のたびに中川の家へ遊びに行きたいとごねていたほどだったという。

しかし祖父（達夫さんの父）が亡くなってからは、様子が一変したそうだ。

「もうこの家に来たくない、この家が怖い、と言い出すようになったんだ。どうして怖いのかと訊くと、なんでも、『火のお化けがいた』と言って」

ぞくりとして、私は身を縮めた。

火のお化け……、と澪人さんは微かに眉を顰める。

「その後、息子とわたしの顔が腫れ上がってしまって。でも、さっきも言った通り、自宅に帰って皮膚科でもらった薬をつけたらすぐに治ったんだけど」

「そん時、奥様の肌は、どうやったんやろ？」

澪人さんの問いに、達夫さんは首を横に振る。

「妻の肌は何も問題なかった。そういうのもあって、山の植物に触れてかぶれたんだろうって、そんなに深刻には考えていなかったんだ。けど、この家に来ると、必ずこうなってしまうのが気になるようになってたんだ」

と、達夫さんは、弱ったように自分の頬を撫でる。

「この家に来ると肌が荒れるていうんは、ちょっとした滞在でもやろか？」

「いや、日帰りなら何も起こらなくて、この家に泊まるとこうなるんだ。今回も荷物の整理をするのに昨日から泊まりこんでいたらこの通り……」

澪人さんが、たしか、と思い返すように言う。

「達夫さんのお父さんのお葬式には、僕も参列させてもろてますが、あの方の肌は見たところ問題なかったようやね？」

こくり、と達夫さんがうなずく。

すると、それまで黙って話を聞いていたホームズさんが口を開いた。

「昨夜、何かあったのではないですか？」

達夫さんは、えっ、と驚いたように、ホームズさんを見た。

「恐ろしい体験をしたんですよね？」

どうしてそれを？　と達夫さんは掠れ声で訊ねる。

「それまであなたは、皮膚の異変を奇妙に思いながらも、半信半疑だった。ですが、今回急に『祓ってほしい』と澪人くんに申し出た。それは、昨夜この家に泊まった際、恐ろしい体験をしたからではないですか？」

達夫さんの体が小刻みに震えている。

「もしかして、息子さんのように火のお化けを見たのでしょうか？」

ホームズさんがそう訊ねると、達夫さんはぽつりと零した。

「見たのかな……？」

その様子を見て、澪人さんがすかさず言う。

「何があったんやろ？」

あらためて問われて、達夫さんは弱ったように首を捻る。

「もしかしたら、夢かもしれないんだけど……」

達夫さんは、気持ちを落ち着かせるように大きく息を吐いてから、話し始めた。

「昨夜はいやに寝つきが悪かったんだ。眠れたのか、寝られていないのか分からない曖昧な感覚の中で、ぼんやりと何かが見えてきた。たぶん、夢を見ていたんだろうな。それが、炎の夢で」

炎？　と澪人さんが確認する。

「そう、目の前で火が音を立てて燃えているんだ。熱くて仕方ないのに、自分の意志でそこに顔を近付けているような、そんな夢で……実際に顔が熱くて目を開けると、目の前に無数の男たちの顔があったんだ。その男たちの顔は皆、赤く腫れ上がっていて、虚無の表情でわたしの顔を覗き込んでいたんだよ」

ひっ、と私は思わず呻く。

夢から覚めると、無数の男たちの顔が自分を覗き込んでいたなんて。

達夫さんが体験した恐ろしい状況を想像し、体が震える。

澪人さんは、ふむ、と洩らすと達夫さんに向かって、そっと手を伸ばす。

「ちょっと触らせてもろてもよろしい？」

「あ、うん」

澪人さんは両手で包むように達夫さんの頬に触れ、入念に肌を確認する。その間、達夫さんは居たたまれないように目をそらしていた。

「……たしかに、皮膚疾患というより、まるで火傷のような感じやな」

失礼、と澪人さんは手を離す。

「あ、いや」

達夫さんは顔を伏せる。心なしか、彼の顔がより赤くなっているように感じた。それは皮膚の炎症が悪化しているのではなく、気恥ずかしさからきているようだ。

澪人さんのような人間離れした美しい人に頬を撫でられて顔を覗かれたら、男性でも恥ずかしい気持ちになってしまうのかもしれない。

「息子さんが言う火のお化けは、きっと達夫さんが見たものと同じやろ」

「わたしもそう思う。それで、澪人くんに訊きたいんだ。あの赤い顔の男たちは何者なんだろう？　悪霊なんだろうか？」

達夫さんは、意を決したように訊ねる。

澪人さんはゆっくりと家の中を見回し、眉間に皺を寄せた。

「正直、鬼や悪霊の気配は感じひん」

澪人さんの言葉を聞いて、私と達夫さんは「えっ」と声を上げた。

「いないってことですか？」

「それじゃあ、わたしと息子の肌荒れは、霊障ではない？」

いや、と澪人さんが首を横に振る。

「そうとも言えへん。あなたの肌には『念』みたいなんが残ってるし。けど微弱や。そやから、ここを離れて薬をつけたら治るんやろ」

澪人さんは独り言のように言って、目を瞑《つむ》った。

そんな彼を前に、皆も口を噤み、部屋に静寂が訪れる。

ややあって澪人さんが、ゆっくりと目を開けた。

「……あるのは、想念やな」

「想念？」

「そや。ここには、何かが『いる』んやなくて、『ある』て言うた方が合うてる」

「ああ、なるほど、そういうことでしたか」

ホームズさんは納得したようだけど、私と達夫さんはよく分からずに首を傾げた。

鬼や悪霊は、『いない』。けれど、良くないものが『ある』。

そこまで思い、あっ、と私は口に手を当てる。

「もしかして、前に、櫛かんざしに負の感情が憑いて、良くないことが起こっていたように、良くない品物がどこかにあるということでしょうか？」

「そういうことやね」

と澪人さんはうなずき、その後をホームズさんが引き継いだ。

「名品は持ち主を選ぶと言います。おそらく、その品は、達夫さんのお父様を自分の主として認めていた」

達夫さんも理解したようで、首を縦に振る。

「そうか、その父が亡くなってしまったから……」

「そうやね。次の持ち主は、血縁者である達夫さんと息子さんや。けど……」

その品にとっては、息子と孫を次の主と認められなかった。

澪人さんは、みなまで口にしなかったが、言いたいことはしっかりと伝わってきた。

「それで澪人くん、この中にその曰く付きの品はあるのでしょうか？」

と、ホームズさんは、この部屋にある骨董品に目を向けた。

私も敷布の上に綺麗に並んだ茶道具の数々をあらためて確認する。とはいえ私には曰く付きの品を見定める能力はないため、どの品も素晴らしいという感想しかない。

澪人さんは、そっと首を横に振った。

「この中には、あらしまへん」

「やはりそうでしたか。達夫さん、お父様のコレクションは、これら以外にもあるんですよね？」

ホームズさんは達夫さんを振り返る。

「あ、はい。ここにあるのは父が特別に価値があると認めたものばかりなので、それ以外の品は生前のままに置いてあります」

「そういえば、部屋のあちこちにいろいろなものが飾られていますね」

そう言って、私は部屋をぐるりと見回した。

床の間には梅と鶯の掛け軸、その下には柿右衛門《かきえもん》の一輪挿しが飾られている。こちらも梅だった。

どちらも素敵な品だけれど、特別高価な品というわけではない。

きっと季節に合わせたしつらえをしていたのだろう。

私もそろそろ『蔵』のディスプレイを変えなければ、などと思う。

「そうなんです。家のあちこちに飾られているんですよ。曰く付きの品はきっとその中にあると思うんですが……」

それを探し出すとなると、なかなか骨が折れる作業になりそうだ。

がんばろう、と私が袖を捲る気持ちでいると、澪人さんが窓の外に目を向けて、あっさり言った。

「あそこやな。強い想念を感じるし」

えっ、と私たちは、彼が指し示した方を向く。

ちょうど、敷地内の土蔵が見えていた。

「土蔵の中ってことですか？」

確認した私に、澪人さんはうなずいた。

「間違いあらへん」

「たしかに、あそこにも父のコレクションがたくさんある」

「ほんなら、確認や」

と、澪人さんが、すぐに和室を出た。いつもゆったりしている彼にしては珍しく、急いでいる様子だ。

もしかして、暗くなる前に決着をつけたいと思っているのだろうか？

私は、腕時計に目を向ける。

まだ、午後三時前だ。

冬とはいえ、日暮れまでにはまだ時間に余裕があるのに……。

私がそんなことを考えていると、ホームズさんが歩きながら口を開いた。

「以前、澪人くんに聞いたのですが」

うん？　と私は隣にいるホームズさんを見上げた。

「一日の間で、『陰《いん》』の時間、『陽《よう》』の時間があると言うんです」

私は黙って相槌をうつ。

「夜明けから午後三時までが『陽』、それ以降夜明けまでが『陰』が管轄する時間帯だとか。ですので、神社の参拝なども午後三時までの間にするのが理想的と言われています」

もちちん、それ以降の参拝が悪いというわけではないのですがね、とホームズさんは付け加えて、話を続けた。

「さらに『丑三つ時』と言われる真夜中は『陰』が極まる時であり、そのエネルギーを受けて恐ろしい事象が起こりやすいそうです」

私は、あっ、と口に手を当てた。

「達夫さん親子の肌が腫れたのは、『陰』が強まる時間をここで過ごしたから……」

二人はこの家に泊まったことで顔が腫れたと言っていたのだ。

「そうかもしれません。まぁ、そうしたこともあり、澪人くんは、なるべく『陽』の時間帯に終わらせたいのでしょう」

「え……っ」

それならば、この家には午前中のうちに伺った方が良かったのでは？

一瞬、そんなことを思ったけれど、達夫さんが澪人さんにお祓いをお願いしたのは今日になってからであり、何より澪人さんは午前中、別の仕事が入っていたのだ。

あらためて時計を見ると、午後二時五十分。

もうすぐで『陰』の時間になってしまう。

「ホームズさん、行きましょう！」

自分に何ができるわけでもないのだけど、私は急いで澪人さんの後を追った。

土蔵へ行くには、一度家の外に出なくてはならない。

私は、急いでハーフブーツを履き、足早に土蔵へと向かう。

一方のホームズさんは、私の後からゆっくりとやって来ると、土蔵を見上げて感嘆の息をついていた。

「いやはや、立派なものですね」

達夫さんは、ありがとうございます、とはにかんでいる。

私がこんなに焦っているというのに、なんて呑気なやりとりだろう。

彼はやはりマイペース、いわゆる『安定のホームズさん』だ。

土蔵の扉には、頑丈な南京錠が付いていた。

扉の前まで来て、澪人さんが振り返る。

「達夫さん、鍵をよろしい？」

すると、達夫さんは「ああっ」と声を裏返し、

「か、鍵、持ってくるのを忘れてた」

達夫さんは踵を返して、すぐに家の中へと戻っていく。

こうしている間に、どんどん時計の針は進んでいってしまう。どうしよう。

あわわ、と私が目を泳がせていると、ホームズさんが心配そうに顔を覗いた。

「葵さん、顔が真っ青ですよ。車で待っていますか？」

「あっ……いいえ、大丈夫です」

ここまできたら、私も見届けたい。

そう思うも達夫さんがなかなか姿を現わさず、やきもきしてしまう。

「ごめん、鍵を見付けるのに手間取って」

と、しばらくして達夫さんが鍵を持って、戻ってきた。

思わず時計を見ると、午後二時五十五分。

あと、五分だ。

でも、間に合って良かった。

私が拳を握り締めていると、澪人さんが、少し言いにくそうに告げる。

「葵さん、『陰の時間が午後三時から』ていうんは、目安やねん」

えっ、と私は戸惑いながら、澪人さんを見やる。

「陰陽の時間の管轄は季節はもちろん、天候によっても変わってしまうさかい、時間通りてわけやなくて、実は曖昧なものなんや」

「それじゃあ、今は……？」

咄嗟に空を見上げると、先ほどまで晴れていたというのに、今は灰色の雲が太陽を隠していた。

「もう陰に入ってしもてます」

ええ……、と私の口から絶望的な声が洩れ出る。

「葵さん、大変ですね……」

ホームズさんは慰めるように言って私の肩に手を乗せる。だけど、その手が小刻みに震えていた。彼を見ると、顔を背けて、笑いを堪えていた。

「………」

傍から見ていたら面白いかもしれないけれど、私にとっては深刻なのだ。

恨めしさからホームズさんを見上げると、今度は口に手を当てている。

「また、そうやってすぐ面白がるんですから……」

私が口を尖らせると、

「面白がるんとちゃう、悶《もだ》えたはります」

澪人さんはボソッと洩らした。

「えっ？」

澪人さんは達夫さんから鍵を受け取り、扉を開けた。

ぎいい、と錆びたような音と共に、防音室さながらの分厚い扉が開いた。

まるで、冷蔵庫の扉を開けた時のような、ヒヤリと冷たい冷気が頬に触れる。

小さな窓があるが、穴倉のような暗さで、中がよく見えない。

達夫さんは、すぐにペンダントライトを点けた。

パッ、と室内が明るくなったことで、私は少しホッとして、土蔵の中を見回す。

てっきり、わが家の物置きのように雑然としているかと思っていたが、とても綺麗に整頓されていた。

中は、倉庫というよりも、コレクター室だ。

棚の中に扉付きのガラスケースが並んでいて、その中に茶碗や壺が箱から出された状態で綺麗にディスプレイされている。

箱は、品物の後ろに置かれていた。

「和室の品も元々はここにあったんですよ」

と、達夫さんが言う。

和室に集められたのは、超一級品。いわば一軍といえる作品だ。ここにあるのは、お気に入りのコレクションではあるが、一軍入りを果たせなかったもの。

見たところ、その判断にはうなずけるものがある。もし、『蔵』が買い取るならば、一万円に満たないものばかりだろう。

それでも色が美しかったり形が面白かったりしているので、骨董品としての価値ではなく、達夫さんの父親が純粋に好んで、集めていたのが伝わってくる。

「本当に茶道具がお好きだったんですね……」

そのようですね、とホームズさんが同意した。

「見てください、葵さん。これは現代の陶工《とうこう》の茶碗ですね。大胆な姿が面白いです」

姿とは形、フォルムのことをいう。

「素敵ですね。あっ、よく見ると、現代の作家さんの茶碗もたくさんありますね」

「ええ、きっと、今がんばっている作家のことも応援していたのでしょう」

「まるで高宮《たかみや》さんのような方だったんですね」

「そういう方がいてくれるから、作家たちは作品をつくれるのだと思います」

「素晴らしいことですね……」

と、私たちがしみじみしている傍らで、澪人さんが苦笑していた。

「……ほんま、この禍々《まがまが》しい念をキャッチしぃひん、あなたたちが羨ましいて思う。僕は顔が熱いし、息苦しいしで大変や」

「えっ」

振り返ると、澪人さんは本当に苦しげな表情をしていて、顔が赤い。

彼はここで熱さを感じているようだ。

「澪人くん、大丈夫ですか？」

ホームズさんが、澪人さんの許へ歩み寄る。

「おおきに。問題あらへん。慣れてるさかい」

澪人さんは口の前に二本指を立てて、そっと口を開く。

「元柱固真、八隅八気、五陽五神、陽道二衝厳神、害気を攘払し、四柱神を鎮護し、五神開衡、悪気を逐い、奇道霊光四隅に衝徹し、元柱固真、安鎮を得んことを、慎みて五陽霊神に願い奉る――」

と、呪文のようなものを唱え始めた。

みるみる、滵人さんの赤く火照っていた肌が、白さを取り戻していく。

滵人さんは、ふぅ、と息をついて、顔を上げた。

「達夫さん、今思い出したんや」

うん？　と達夫さんが、滵人さんの顔を見る。

小さい頃に聞いた話やさかい、すっかり忘れていたんやけど、と滵人さんは前置きをしてから話す。

「その昔、あなたのお父さんがうちの祖父を頼ったキッカケやねん」

「ああ、たしか、お祓いをお願いしたとか」

少し違うんや、と滵人さんは苦笑した。

「達夫さんのお父さんは、ある骨董品を手に入れたんやけど、それはえらい曰く付きのもんやった。そやけど、どうしても手許に置いておきたい。なんとかならへんか、って、うちの祖父を頼ってきたんや」

えっ、と達夫さんは目を瞬かせる。

「そ、それで？」

「うちの祖父は、これは個人の手に負えるものとちゃうからと、どこかの寺に寄進するのを勧めたんやけど、達夫さんのお父さんが『自分が死ぬまででいい。どうしても、手許に置いておきたい』って言うたさかい、『その品があなたを認めたなら』という条件つきで了承して、強い想念を封じ込めたそうや。ほんでそれは、達夫さんのお父さんが生きてる限りという期間限定だからできたことやったそうや」

ごくり、と達夫さんが喉を鳴らす。

「それじゃあ、父が亡くなったから……」

「解除されたんやな」

「それは、どれなんだろう？」

「端の方にあるのんです。とりあえず今から霊符《れいふ》を書きます。ほんで、その札に包まな……」

澪人さんがそう言いかけた時、

「……もしかして、この茶碗じゃないですか？」

ホームズさんが少し驚いたように言う。

視線の先のガラスケースの中には、枇杷《びわ》色のどっしりとした茶碗があった。

器全体に釉薬をかけている——総釉《そうぐすり》、高台はごつごつした梅華皮《かいらぎ》になっている。

もしかして、と私の喉がごくりと鳴った。

「えっ、これでしたか？」

と、達夫さんがガラスケースの扉を開けた。

「あっ、開けたらあかん、残りわずかな霊符の効力が切れてしまう！」

と、澪人さんが声を上げる。

「ご、ごめん」

達夫さんが慌てて扉を閉めるも、時すでに遅し。

カッ、と室内の温度が上がり、焼けたような臭いが鼻腔を掠める。

頬が熱くなってきた。特別な霊感などない私にも、今の状況が良くないのが伝わってくる。

このままでは、私の顔も赤く腫れてしまうかもしれない——。

「葵さんっ」

ホームズさんも同じように思ったのか、すぐに私の許に来て、胸に抱き寄せた。

「皆さんは僕の後ろに」

私たちは、すぐに澪人さんの後ろにまわる。

澪人さんは着物の袂をそよがせて、両手を組んだ。

「高天原爾 神留坐須 皇賀親 神漏岐 神漏美乃 命以知氏 八百萬神等乎 神集閉爾集賜比 神議里爾議賜比氏 我賀、皇御孫命波 豊葦原水穂國乎 安國登 平介久 知食世登――」

先ほど唱えたものとは違っている。

大祓祝詞《おおはらへのことば》ですね、とホームズさんが小声で言う。

澪人さんが祝詞《のりと》を唱えることで、顔の熱が引いていく。

良かった、と頬に手を当てる。

そんな私の姿を見て、ホームズさんも安堵したようだ。

私から少し離れて、茶碗に目を向ける。

そして、にこりと微笑んで、ホームズさんは胸に手を当てた。

「――こんにちは、骨董品店を営んでいる家頭清貴と申します。僕が遠藤さんの代理人となって、あなたが心から求める『主』をお探ししますよ。お寺を望まれるのでしたら、それも良いでしょう。必ず、良い縁を結んでみせます」

それまで祝詞を唱えていた澪人さんだったが、小さく息をついた。

「おさまりました……」

「えっ、もう?」

と達夫さんが、澪人さんの背中から顔を出した。

「とりあえず、清貴さんの言葉に納得しはったようや」

「いえいえ、澪人くんの祝詞の効果ですよ」

澪人さんとホームズさんは顔を見合わせて、ふふふ、と笑い合う。

「もう大丈夫なんですよね?」

私が前のめりになると、澪人さんは首を横に振った。

「ちゃいます、これは一時的におさまっただけの話で、『もう大丈夫』とは言えへん。すぐ霊符を書きます」

と、澪人さんは気を取り直したように、懐《ふところ》から紙と筆を出した。

そのまま彼は、するすると霊符を書いていく。漢字一文字のようだが、なんて書いているのか分からない。私の目には龍の姿のように見える。

書き上げるなり、茶碗を取り出し、霊符を茶碗をの中に入れて、風呂敷に包む。

澪人さんは、ふう、と息をつき、ホームズさんの方を向く。

「迷いなく茶碗を選ばはったけど、何か感じたんやろか?」

いえいえ、とホームズさんは、首を横に振る。

「禍々しい念などは感じてませんよ」

ただ、とホームズさんは慈しむように、茶碗に目を向けた。

「知っていただけです」

「知っていた?」

澪人さんと達夫さんは、ぽかんとして顔を見合わせた。

5

「――これは、大井戸茶碗《おおいどちゃわん》というものです」

ホームズさんは、土蔵の中にあった茶碗の下に霊符を敷いた状態で、説明を始めた。

土蔵での騒動の後、澪人さんが室内と、そして私たちのお祓いをし、すべて終えてから、私たちは先ほどの和室に戻っていた。

今は、ホームズさんの言葉に耳を傾けている。

「『井戸茶碗』というものがあります。それは、『一井戸、二樂、三唐津』と呼ばれるほど、日本の茶人に好まれた茶碗のひとつです」

と、ホームズさんは話す。

大井戸茶碗は、そんな井戸茶碗の中でも大ぶりで堂々としたものを指す。

「大井戸茶碗の中で最も有名なのは、『喜左衛門《きざえもん》』です。かつてこの茶碗を所有していた町人・竹田《たけだ》喜左衛門にちなんだものです」

へぇ、と澪人さんと達夫さんが相槌をうつ。

ちなみに私は、美術展覧会で観たことがあり、その際にホームズさんから井戸茶碗のレクチャーを受けていた。

だけどこうして、直接、大井戸茶碗を観るのは初めてだ。

「竹田喜左衛門は、大井戸茶碗を持ったことで、体中に腫れ物ができたそうですが、それでも生涯決して手放そうとしませんでした。その後も大井戸・喜左衛門を所有した者は皆、腫れ物に悩まされたそうです」

達夫さんが、驚いたように目を見開く。

「そして、最後は江戸時代の大名であり、茶人の松平不昧《まつだいらふまい》（治郷《はるさと》）の元に辿り着くのですが、彼も腫れ物に悩まされたそうです。そして、大井戸・喜左衛門を引き継いだ松平不昧の息子にも同じように腫れ物が現われるようになってしまった」

「では、これは、その喜左衛門茶碗ということですか？」

いいえ、とホームズさんは首を横に振る。

「この大井戸茶碗は、喜左衛門ではありません。そもそも、形が少し違っています。松平不昧の息子はその後、大井戸茶碗を手放したんですよ。大徳寺《だいとくじ》の塔頭《たっちゅう》、孤篷庵《こほうあん》に寄進したんです。その後、腫れ物に悩まされる者はいなくなったそうですよ」

話を聞き終えた私は、大井戸茶碗に目を向ける。

「それじゃあ、この茶碗は、もしかして……」

「ええ。大井戸・喜左衛門と同じ窯で焼かれたものではないかと」

つまり、と澪人さんが続ける。

「同じ作者やないか、ということやね？」

おそらく、とホームズさんは目を伏せる。

「井戸茶碗は、李朝時代に今の朝鮮半島で制作された、いわゆる高麗茶碗です。日本では、豊臣秀吉の目に留まったこともあり、とても評価が高いのですが、本場朝鮮では雑器としての扱いだったんです。そうしたこともあって、井戸茶碗の製作者は不明なんですよね」

――そう、井戸茶碗を世に知らしめたのは、間違いなく豊臣秀吉だ。

そんな豊臣秀吉と井戸茶碗には、こんなエピソードがある。

かつて秀吉は、茶会を開こうと、細川幽斎《ゆうさい》らを招いた。

その際、小姓が粗相をして、秀吉自慢の井戸茶碗・井筒《いづつ》を割ってしまう。

秀吉は怒り心頭で、小姓を手討ちにしようとするが、その時、細川幽斎が咄嗟に、

『筒井筒　五つにかけし　井戸茶碗　咎をば我に　負ひにけらしな』

(五つに欠けてしまった井戸茶碗ですが、どうかその罰を私に負わせてください)

と、歌にして詠んだ。この歌は、『伊勢物語』にある有名な歌、

『筒井つの　井筒にかけし　まろがたけ　過ぎにけらしな　妹見ざるまに』

(筒井戸の井筒と背比べをした私の背は、もう井筒を越してしまったようだ。あなたに会わないでいるうちに)

に掛けたもの。

細川幽斎の機転が利いた歌を受けて、秀吉はたちまち機嫌を直して、事なきを得たという。

喜左衛門といい、井筒といい、井戸茶碗にはそんなドラマがある。

それも、今も続く人気の秘密といえるだろう。

澪人さんは、じっ、と大井戸茶碗を見詰めていた。

「澪人くんには、その茶碗の制作者のことが分かったりするのでしょうか?」

ホームズさんが訊ねると、澪人さんは少し申し訳なさそうに首を横に振った。

「詳しくは分からへん。ここに残っているのは火のような想念だけや。もしかしたら、過

酷な状況で作られてたのかもしれへんね」

「井戸茶碗は、元々庶民の雑器としての扱いだったわけですし、その可能性はあるでしょうね」

「作者は熱い炎にさらされて顔を火傷しても作り続けていた。そやけど嫌々やってたんとちゃう。この器からは、作り手の気概と執念のようなものが感じられるさかい」

達夫さんの見た『炎』は窯の火だったのだろう。

「それじゃあ、達夫さんが見た、赤い顔の男たちは……？」

私がそっと訊ねると、澪人さんは茶碗に目を落とす。

「この茶碗に取り憑かれた者たちの想念やな。顔が腫れても病になっても、死ぬまでこの茶碗を手放せなかったんや」

ええ、と私は顔をしかめる。

ホームズさんは囁くように言った。

「骨董品界隈では時々聞く話ですね。製作者の執念が魅力となり、人の心を捉えて離さなくなってしまう」

「そうやね。ほんで茶碗には所有者たちの執念までもが乗り移ってしまうんや」

達夫さんが、恐ろしい、と洩らして茶碗に目を向ける。

「大井戸茶碗は、すべて曰く付きなのかな？」

まさか、とホームズさんが笑った。

「井戸茶碗のほとんどは、ごく普通の茶碗ですよ」

ただ、とホームズさんは茶碗を手にした。

「井戸茶碗自体、強い矜持を持っているのでしょう。だから庶民の雑器としての扱いに納得いかず、高麗からこの日本にやってきたのかもしれません」

ホームズさんの言葉を聞いて、私は口許を綻ばせる。

「日本に来たのは茶碗自身が望んだこと……そう思うと嬉しいですね」

母国ではまったく評価されていなかった井戸茶碗。自分の価値を認めてくれる者を求め続けて、はるばる海を渡って日本までやってきた。

そんな井戸茶碗の中で、今も変わらず持ち主を選び続けている茶碗があった。

それが喜左衛門と、この茶碗だったということだ。

「父は、一応そんな茶碗に認められていたわけだ……」

達夫さんは、少し誇らしそうにしみじみとつぶやいた。

ホームズさんは、あらためて、と達夫さんの方に膝を向けた。

「達夫さん、この茶碗、一旦うちがお預かりして良いでしょうか？　必ず良いご縁を結んでみせますので」

そう言って頭を下げたホームズさんを見て、達夫さんは慌てたように言う。

「そんな、もちろん、願ってもないことです。どうぞよろしくお願いいたします」

これで一件落着だ。

だけど、もし、という気持ちも生まれた。

ホームズさんの肌が荒れてしまったらどうしよう、と。

心配になって、ホームズさんの顔に目を向ける。

「大丈夫ですよ。澪人くんの霊符もありますし、何より僕はあくまで『代理人』です。所有者ではないですから」

すかさずそう言ったホームズさんに、私はごほっとむせた。

また心を読まれてしまった。

澪人さんが、ふふっ、と笑う。

「やっぱり、清貴さんには霊能力やなくても、特別な力がおありや」

「そんな、特別な力なんて」

ホームズさんは、ふるふると首を振る。

「いえ、絶対ありますよ。わたしから見て、あなたも澪人くんも変わりないです」

そう言ったのは私ではなく、達夫さんだ。

「ですよね」

私と達夫さんは顔を見合わせて、同意し合う。

さて、と達夫さんは腰を上げた。

「中庭でも愛でながら、お茶でもどうですか？　父自慢の茶葉がまだあるんですよ」

私たちは「ぜひ」と微笑んで、立ち上がる。

私は足を止めて、敷布の上の井戸茶碗に目を向けた。

古美術に携わっていると、こういう出来事に遭遇することもある。

この程度の不思議体験で良かった。

私は胸を撫でおろすような気持ちで、皆と共に和室を出た。

6

曰く付きの大井戸茶碗は、一時的に美術館に置かれることになった。

その際、澪人さんが書いた封じの札を茶碗の下に忍ばせたという。

そのおかげか、その後、達夫さんの肌は改善したそうだ。

「――あん時は、ほんま、どうなることかと思うたし」

骨董品店『蔵』にやってきた澪人さんは、思い出したように言う。

今は着流しに羽織という姿で、カウンターの前に腰を掛けてコーヒーを飲んでいた。

私は店内の掃除をしながら、カウンター端では店長がノートを開き、ペンを手にした状態で、興味深そうにホームズさんと澪人さんの話を聞いていた。

「場数を踏んでいるあなたにとっても、あれは恐ろしいものだったんですか？」

ホームズさんの問いに、澪人さんは首を横に振る。

「あれ自体はたいしたことあらへん。そやけど、もしほんの一時でも葵さんの顔が腫れるようなことになったら、葵さんはもちろん、清貴さんが大変やて冷や汗かいたし」

「ああ、そういうことでしたか」

ホームズさんは『そんなことありませんよ』と否定もせずに、ははは、と笑う。

私は掃除の手を止めて、口の端を引きつらせた。

いやはや、とホームズさんは話を続けた。

「澪人くんには、僕らの目には見えないものが見えているわけですから、きっと大変だったのでしょうね」

それは私も気になっていたことであり、あの、とカウンターの中に入った。

「あの時、澪人さんの目にはどういうふうに映っていたんですか？」

私が問うと、澪人さんは、そうやね、とコーヒーカップを置いて、あの時のことを話してくれた。

まず、土蔵の扉を開けた瞬間、まるで竈の蓋を開けたような熱気を感じたという。

顔や体が熱く息苦しかったが、なんとか中に入ると、土蔵の端の方に炎の塊があった。

炎の中には赤く腫れ上がった男たちの顔があり、おおお、と呻いていたそうだ。

話を聞きながら私は、うわぁ、と洩らす。

あの時、澪人さんにそんな光景が見えていたとは。

炎が制作者の熱い想いであり、顔が腫れた男たちは茶碗に魅了されたまま亡くなった者たちの念だという。

「炎は大きかったんやけど、その時はそこからは動けへんようやったんや」

「それはどうしてでしょう？」

「まだ、僕の祖父が施したまじないの効果が残ってたんやな。問題の茶碗がガラスケースに入っていたさかい、祖父はケースを結界にして、封じてたんや」

へぇ、とホームズさんは腕を組む。

「上手い考えですね。ガラスのケースならば、取り出さずに愛でられるわけですし」

ほんまやな、と澪人さんは説明を続ける。

「そやけど、その結界の効果も達夫さんの父親と契約したことや。父親が亡うなってしもたことで、効力もカスカスやってん」

「契約だというのに、亡くなるなり解除とはならないんですね？」

ホームズさんが問うが、そやね、と澪人さんはうなずく。

「かろうじて残ってたんは、まだ四十九日を終えてへんかったからや。ほんでも『陰』が強い時間になると、残り僅かな効力が薄まるさかい、家の中をうろつき始めていたんやろ」

澪人さんはあの時、今のうちに新たな霊符を書き、すぐに包んでしまおうと思っていたそうだ。

「そう思っていた矢先に、達夫さんが扉を開けてしもて」

と、澪人さんは肩を落とす。

私とホームズさんは、大変だったんですね、と苦笑した。

ガラスケースの扉を開けた瞬間、炎が大きく膨れ上がり、赤い顔の男たちが、うおおお、と大きな声を張り上げたそうだ。

悪霊なら祝詞で祓えるが、これは物質に憑いた想念。

想いを打ち砕くように粉々に破壊して土に埋めるか、封じ込めるかしかないのだ。

高価なものでなければ、迷いもなく前者を選ぶが、今は後者しかない。

「ほんで、慌てて祝詞を唱えてたら、清貴さんが茶碗に話しかけたやろ?」

はい、と私がうなずく。

「どんどん炎が小さなっていって、赤い顔の男たちが呻くのをやめたんや。きっと望んでいるところに行けるて、嬉しかったんやろ」

そうだったんですね、と私はあの時を振り返りながら、相槌をうつ。

「ホームズさんが、茶碗を口説き落としたってことですね」

「そやね、ほんま清貴さんは、たらしやな」

たらしって、とホームズさんは肩をすくめる。

「あの時も言いましたが、もし僕の言葉が届いていたとしたら、澪人くんが祝詞を唱えてくれたおかげですよ」

その言葉に、私は納得した。

「ということは、京男子の共演ですね」

「京男子の共演て」

「セッションですね」

二人は顔を見合わせて、ふふっ、と笑う。

そして私はあの時、気になったけれど聞けなかったことを訊ねた。

「澪人さん、土蔵に入る前に呪文みたいなのを唱えてましたよね？　あれって魔除けの呪文なんですか？」

そうや、と澪人さんは答える。

「元柱固真、八隅八気、五陽五神、陽道二衝厳神、害気を攘払し、四柱神を鎮護し、五神開衡、悪気を逐い、奇道霊光四隅に衝徹し、元柱固真、安鎮を得んことを、慎みて五陽霊神に願い奉る——降りかかる災禍を祓徐《ばつじょ》するまじないなんや。このまじない、悪霊云々だけやなく、災禍にはなんでも効くさかい、仲間内では家内安全を祈願して唱える人もいてるんやで」

へええ、と私が感心していると、カリカリとペンを走らせる音が耳に届いた。

見ると店長が一生懸命、何かを書き込んでいる。

新作に取り掛かると言っていたから、良いアイデアが浮かんだのかもしれない。

「僕はそろそろ。では、来週よろしゅうお頼み申します」

「例のお化け屋敷ですね」

「その屋敷、建築物としてええもんやさかい、見学を兼ねて大勢で来てもろてもかまへんし」

その話を聞いた私が、えっ、と戸惑う。

「大勢で押しかけていいんですか?」

「ええ、賑やかな方が『陽』の気が強くなりますし」

そういうものなんだ、と私が相槌をうつ横で、ホームズさんがいたずらっぽく笑って訊ねた。

「良かったら、葵さんもご一緒しませんか?」

私は勢いをつけて、首を横に振る。

「遠慮します。私は、ここで店番していますので!」

どんなに素敵な建物だとしても、お化け屋敷は遠慮したい。

澪人さんは、ほんなら、と店を出て行った。

カラン、とドアベルが鳴って、扉が静かに締まる。

澪人さんの姿が見えなくなり、ふふっ、と私は笑った。

「それにしても、さすがホームズさんです」

「えっ?」

「澪人さんにお仕事を頼まれるなんて、陰陽師も一目置く慧眼《けいがん》なんですね」

いえいえ、とホームズさんは首を横に振った。

「僕だって、見ていても分からないことがありますよ」

「どんなことですか？」

「たとえば、最近、葵さんがチラチラ僕を見ている理由などでしょうか？」

そう問われて、私は「えっ」と目を瞬かせた。

「わ、私、ホームズさんを見ていましたか？」

「おや、無自覚でしたか？」

無自覚かと聞かれると、そうではない。

たしかに私は、ホームズさんを見ていた。

その理由は、些細なことなのだけど、今は話したくなかった。

ええと、と私は目を伏せる。

「何年一緒に過ごしても、やっぱりホームズさんは素敵だなと思って見ていたんです」

そう言うと、ホームズさんは大きく目を見開いた。

ああ、しまった。誤魔化し方が、あからさますぎただろうか。

素敵だと思っていたのは、嘘ではない。

けれど、ホームズさんのことだから、私の本心が別にあるのを即座に見抜くだろう。

そう思うも、ホームズさんは頬を赤らめて、口に手を当てる。

「そう……でしたか。それは光栄ですね」

そう言ってホームズさんは目を伏せる。

その反応に私まで恥ずかしくなってしまう。

店長が、やれやれ、と肩をすくめているのを、目の端で捉えた。

＊

——わたしは仲良さげにしている清貴と葵さんの姿を横目に見たあと、さて、とノートに目を落とした。

大きくバツ印の入った『叙述ミステリ』の下に『新作はホラーで』と書いている。

今度、編集者と打ち合わせがあり、このノートをそのまま見せる予定だ。

ペンを取り、さらに『男二人のバディもの』と書き加えた。

バディとは、仲間、相棒の意。

京男二人が、ゴーストバスターズになるというのは、どうだろう。

ふと浮かんだアイデアに、これは面白そうだ、と頬が緩む。

タイトルは何にしようか。その前にネタ集めだろう。

気を取り直し、そうそう、と顔を上げた。

「この前聞きそびれたんだが、秋人君の親戚の家で起こった怪異というのは……」

わたしが訊ねているというのに、清貴は「そうだ」と葵さんに話を続けている。

「今回、澪人くんのお仕事を請けましたし、これも何かの縁かなと思いまして、もう少しだけ、小松探偵事務所でコンサル業を続けることにしました」

「はい、がんばってくださいね」

二人とも、わたしの質問などどこ吹く風だ。

肩を落としかけたとき、あっ、と葵さんが振り返った。

「店長。秋人《あきひと》さんの親戚のおうちでの怪異については、私がお伝えしますね」

やはり、彼女は優しい子だ。

偏屈な清貴が選んだだけのことはある。

しみじみ思いながら、ではお願いします、とわたしはペンを手に取った。

幕間　それぞれの恋慕

1

日が傾き始めると、鴨川に架かる四条大橋は、より賑わいを増す。

橋の南東には、南座がライトアップされ、もう少し北東に行けば大きな時計が目印となっているショコラショップ『CACAO MARKET《カカオマーケット》』の瀟洒《しゅうしゃ》な建物が夕陽に照らされていた。

円生は橋の北側の中心辺りで立ち止まり、しばらく河原を眺めていた。

眼下には、等間隔で座るカップルの姿が見える。

今や京都名物ともいえる光景だ。

「こない寒い中、ようやるわ」

円生は呆れたように言うも、自らを省みて、肩をすくめた。

そんな自分は、こうして橋の上でぼんやり鴨川を眺めて、三十分以上経とうとしている。

「目に留まったものか……」

ぽつりと独りごちる。これは、先月、若冲《じゃくちゅう》展に行った時、葵が口にした言葉。

なんで若冲は、鶏を描いたんやろて思て、とつぶやいた際のことだ。

『目に留まったから描いたんだと思うんです』

その後に、たぶんですよ、と付け加えて、葵はこう続けた。

『目に留まったもの、すべてが美しくて面白くて魅力的だったのではないでしょうか。若冲の作品を眺めていると、まるで「神様の視点」のようだって感じるんですよね。どんなものでも、美しくて力強くて、そして神仏に愛されているんだって。羽の一枚、鱗の一枚に至るまで森羅万象の奇跡で、若冲はすべてに感動していたんだと』

本当のところは、若冲本人しか分からない。

だが、その言葉に円生は納得させられたのだ。

「目に留まったものか……」

と、もう一度つぶやく。

今この目に映るのは、南北に線を引くように滔々と流れる鴨川と、その左右にある祇園の町並み。

そしてこの寒さの中、河原でいちゃつくカップルたちだ。

「ほんま、アタマ沸いとんとちゃうか。みんな揃ってあの二人やな」

そうつぶやくと、河原のカップルが清貴と葵に見えてくる。
だが苛立ちは感じない。
あほやなぁ、と呆れながら思うだけだ。
こういう時、自分の気持ちがよく分からなくなる。
葵の存在が特別なのはたしかだが、それがどういう感情なのか——。
おそらく、清貴と葵は結婚するだろう。
二人の結婚式を想像しても、悔しさや憤りが湧いてくるわけではない。
自分はとっくに諦めているのだろうか？
ふと、幼馴染みのユキの言葉が頭を過った。
『逃げずに好きな人——葵さんに、ちゃんと想いを伝えてほしいって思うよ』
「そんなん言うても……」
伝えて、どうなるというのだ。
そもそも、自分の気持ちもよく分からないというのに。
「こんなん、あん時の坊と同じやな」
先日、小松探偵事務所に恋愛相談に乗ってほしいと訪れた梶原春彦の姿を思い出す。
あの男は、清貴の口調だけは優しい詰問を受けて、自分の心がよく分かっていなかった

のを自覚し、

『ちょっと自分の気持ちを整理して、それからちゃんと向き合おうと思います』

そう言って、ふらふらと事務所を後にした。

「ほんま、俺も人のこと笑えへん……」

小声で洩らして、息をつく。

自分も清貴ほどではないものの、鋭く聡い方だと思っていたのだが、人は誰しも自分のことは分からないものだ。

「分からないといえば、あのお嬢やな……」

アパートの前までやってきて、部屋に入れずに戸惑った様子を見せていたのだ。

大富豪のお嬢様だ。あんなボロボロのアパートに靴を脱いで入ることに抵抗があったのだろう。

しゃあないな、と思いつつも、その姿に苛立ちを覚えたのも正直なところだ。

お嬢様には、足を踏み入れられないボロアパートだとしても、自分にとってはアトリエであり、少し前までユキと過ごしていた場所だ。

『お嬢様が無理して入らんでええし、もう帰ってくれへん？』

少し厳しい口調になっていただろう。

彼女は『ごめんなさい』と涙を流して、立ち去ったのだ。
その後、小松探偵事務所で会った時は、目を背けていた。
たまたま目が合った時はすぐにそらし、傷付いているような表情を見せていたのだ。
「なんやねん」
あの姿を思い出すと、イライラが募る。
被害者はどちらかというと、こっちの方だ。
それなのに、なぜ傷ついた顔をするというのか。
そういえば、清貴はこう言っていた。
『イーリンの行動は、いろんな想いがあってのことなのかもしれませんよ』
いろんな想いって……。
ああ、面倒くさい。鬱陶しい。
円生は大きく息を吐き出した。

2

「とりあえず、目に映ったものを描くか」

「――ホームズさんが、葵の視線に気付くなんて、いつものことやん」

親友の宮下香織は、今さら何を言う、という様子でホットチョコレートが入ったカップを両手で包むように持ち、ふーっと息を吹きかけた。

ここは、三条通にある『Marie Belle《マリベル》』という名のチョコレートショップ。

今日は久々にバイトが休みであり、私と香織は三条の『ムービックス京都』で映画を観たあと、お茶をしようと、この店に入った。

『Marie Belle』は以前ホームズさんと行った祇園の『CACAO MARKET』の系列店である。祇園の『CACAO MARKET』は童話を思わせる洋風の外装だが、三条のこの店は京町家をリノベーションしている和風の店構えだ。

入口の大きな提灯には『Marie Belle』と店名が記され、両開きの扉はターコイズブルー（ここでは「マリベルブルー」という）であり、店内もマリベルブルーが壁を彩っていた。

マリベルの本店はニューヨーク。この店は、京町家の情緒を活かしながらも本場のセンスが絶妙に混ざり合い、アンティークと新しさが融合した内装となっている。『CACAO MARKET』のイメージが『少女』だとしたら、ここ『Marie Belle』は『大人の女性』という感じがした。

「さっきも言ったけど作業に集中している時のホームズさんは、いつもほど敏感じゃないの。だから、私の『観察』もバレてないと思ったんだけど」

私が小さく息をつくと、えっ？　と香織は訊き返す。

「観察？」

「そう、観察」

「ホームズさんに見惚れてたって、のろけ話とちゃうの？」

「ううん、仕事中はなるべく見惚れたりしないよう気を付けてるから」

至って真面目に言ったというのに、香織は目を丸くしたあと、ぷっと噴き出した。くっくと肩を震わせながら、そうなんや、と笑っている。

「で、なんで観察してたん？」

「もうすぐ、二月十四日でしょう？」

「ああ、バレンタイン？」

「そう。そのバレンタインは、ホームズさんの誕生日なの」

「あ、そうやったね」

「で、私はずっと、ホームズさんが何を喜ぶのか、探っていて」

「そっか、それで『観察』なんやな。けど、ホームズさんやったら、葵がどんなことしたって大喜びやん」

「そうじゃなくて、私は、『本当』に喜んでもらいたいと思ったんだよね」

うん？　と香織は小首を傾げる。

「たとえば、贈り物をするとしてね、香織が言ったようにホームズさんは、私が贈るものだったら、きっと喜んでくれると思う。だけど、もし、『まったく同じもの』を他の人から贈られた場合はどうなんだろうって思って。喜ばなかったら、それは実のところ、ホームズさんの本当に欲しいものじゃないってことだよね？」

そこまで言うと意図が伝わったようで、香織は大きく首を縦に振る。

「たしかに。あの人は葵がくれるものやったらなんでも喜びそうやけど、他の人からとなると、話は別やな。葵はホームズさんがほんまに喜ぶものを贈りたいわけや」

そうそう、と私は強くうなずく。

「けど、長く一緒にいる葵やったら、ホームズさんが純粋に喜ぶものも分かってるんとちゃう？」

そう問われて、私は、うーん、と眉根を寄せた。

ホームズさんは美術品が好きだけど、所有欲はない人だ。コーヒーやワインは喜びそうだけど、『本当に好む味』までは分からない。

「それが、情けないことに、よく分からなくて……」

「えぇっ？　ホームズさん、葵が作った陶器のカップ、めちゃ喜んでたやん？」

「うん、ものすごく喜んでくれた」

今や『もし割れたら困る』と言って使わずにしまっていて、店内用の『蔵マグカップ』を使っている。

それには、私も少しホッとしていた。

壊れる可能性が低くなったからではない。私が作った拙いカップを至極の宝のように使っている彼の姿を見るたびに、居たたまれない気持ちになっていたからだ。

「実は、『他の人に贈られても喜ぶのかな？』なんて思うようになったキッカケは、あのマグカップなんだよね」

へっ、と香織は目を瞬かせながら、私を見る。

「もし、あの拙い手製のマグカップを他の人から贈られた場合、ホームズさんはそれほど喜んでないんだろうなぁって思ったら、本当に忍びなくて……」

あほやなぁ、と香織が呆れたように言う。

「そんなん当たり前やん。カップルて、いわば『推し同士』やん？　『推し』からのプレゼントが尊いのは、世界の常識やん」

「世界の常識なんだ……」

「そや。ゴミかて宝やで」

「いや、だから、香織だって『推し』にプレゼントするとしたら、ゴミじゃなくて、できるだけ本当に喜んでもらえるものを贈りたいって思うでしょう?」

そらそやな、と香織は腕を組む。

「そやけど、ほんまにホームズさんが好きそうなもの、思いつかへんの?」

「クリスマスに交換した万年筆は、元々好きなものだと思う」

「あー、好きそうやな」

「でも、もう贈ってしまってるんだよね。……というか思い付いたものは、既にほとんど贈ってしまっていて……」

「思えば、葵とホームズさんも長い付き合いやな」

「ほんとに」

「これまで何を贈ってたん?」

「ええと、手作りのネクタイとか、グラスリッツェンしたワイングラスとか……」

香織は、はーっ、と感心の息をつく。

「たしかに、ホームズさん喜びそうや。葵は毎度めっちゃ考えてるんやな。ネタも尽きるはずや」

そうなの、と私は手で顔を覆う。

「大変そうやな」

「ううん、これはこれで楽しんでるから」

そんならええやん、と香織は笑う。

「これまで贈ったものの中で、特に喜んでくれたのから考えてみたらどやろ」

そうだねぇ、と私は頬杖をつく。

香織は、悩んでる、と笑って、マーブルチーズケーキをぱくりと食べる。その後に震えるように言った。

「ほんのりレモン風味のマーブルチーズケーキにホットチョコレート、どっちも美味しい。背徳の組み合わせすぎる」

私は、あはは、と笑う。

「私のホットコーヒーにガトーショコラのセットも最高だよ」

「絶対間違いないやつやな」

「でしょう」

「ホームズさんへのプレゼントも、『間違いないやつ』はやっぱりあれやん？」

「えっ？」

「なんだかんだ言うて、葵が作った陶器なんちゃう」

「そうかなぁ……」

私のつぶやきを聞いて、香織は、ごめん、と合掌する。

「え、どうして謝るの？」

「うち、今、意図的に陶芸に誘導したし。葵にまたサークルに顔出してほしくて」

私は思わず笑った。

「私もちょうど、陶芸サークルにまた行きたいって思ってたところなんだ」

年末年始、バタバタしていたため、しばらく顔を出していなかったのだ。

「香織は、ちょくちょく顔出してるんだよね？」

「うん、今度ちょっとしたイベントを考えてて」

「イベント？」

「この前の土曜日、作ってた花器が届いたんやけど……」

と、香織は話を始める。

先日、本焼きを終え、出来上がった花器が届いたそうだ。

サークルの女の子たちが、『せっかくだから、ここに花を飾りたいね』と言い出し、『そうだ、宮下さん、お花をやっていたんだよね？』と聞かれた。そこから、急遽、香織が皆に指導して、フラワーアレンジメントをすることになったという。

「わぁ、楽しそう！」

「めちゃ楽しかった。そん時、サークルのみんなも『真城さんもいたら良かったのに』って話してたんやで」

「この前の土曜日かぁ……、出張鑑定をしていた」

知ってる、と香織はいたずらっぽく笑う。

「で、イベントって？」

気を取り直して訊ねると、そやそや、と香織は座り直す。

「うちらが一回生の時、フラワーアレンジメント・サークルで出町柳《でまちやなぎ》で展覧会をしたやん？」

うん、と私は答える。

かつてフラワーアレンジメント・サークルは、出町枡形《ますがた》商店街のお祭りで、出し物――商店街のカフェを借りて――展覧会をした。作品のテーマは『花と和歌』であり、カフェで抹茶を出すなど、なかなか好評だったのだ。

「もう懐かしいね。あれはたしか節分のお祭りだったから、ちょうど同じ頃だ」

楽しかったなぁ、とつぶやくと、

「今年は『大感謝祭』って謳って、節分からバレンタインまでの約二週間、いろんなことをするんやて」

へぇ、と私は洩らす。

「二週間って、なかなか長いね」

「言うても、セールとか抽選会とか、ちょっとしたことらしいんやけど」

ほんで、と香織が続ける。

「この前、あの時に使わせてもらったカフェの方から、『チョコレートの焼き菓子を作るから、バレンタインデーにまた展覧会をしてほしいな』って連絡が来たんや」

私は相槌をうちながら、次の言葉を待つ。

「そやけど、今やフラワーアレンジメント・サークルの正式メンバーはうちのみで、時々、葵が参加してくれるだけやん？　無理やなぁ、と思いつつ、返事を保留にしてたんや。で、陶芸サークルで花を生けながら、その話をしたら、みんな『やりたい』て」

「それじゃあ、バレンタインに展覧会を？」

「そう。自分で作った陶器に花を生ける、『陶器と花の展覧会』。今やったら、ギリギリ間に合うんや」

陶器は、乾燥させる時間を必要とする。梅雨時期ならば、乾燥に時間がかかるが、今ならば香織の言う通り、バレンタインには間に合いそうだ。

「もし良かったら葵も……」

「やりたい、楽しそう」

私は前のめりになって言う。

だけど、はたと我に返った。その日は、ホームズさんの誕生日なのだ。

「あ、でも、展覧会にずっといられないかもしれない……」

「ええ、陶芸サークルメンバーがたくさんいてるし。そやけど、誕生日にイベントに誘ったりして、うち、ホームズさんに恨まれへんやろか」

「終わったあと、食事に誘うから大丈夫」

良かった、と香織は胸に手を当てる。

「にしても、彼氏の誕生日がバレンタインの場合、チョコとプレゼント、両方用意するんやろか。葵はホームズさんに二つ用意するん？」

「うん、そうしてる。香織はバレンタイン……」

どうするの？　と訊こうとして、口を噤んだ。

香織は、春彦さんに恋をしていたが、その気持ちに蓋をしてしまったのだ。

キッカケは、家頭邸でのクリスマスパーティだったという。

パーティの後、香織と春彦さんは二人だけで二次会をしたそうだ。

私は、香織との会話を振り返る。

『パーティが終わったあと、春彦さんが送るって言うてくれたんや。けど、お互いに楽しい余韻が残ってて、「まだまだ帰りたくないね」って話になって、もう少し飲もうかって、二人だけで二次会をして』

香織はそう言うも、あかん、と首を振った。

『今はまだちょっと気持ちの整理がついてへんし、話せへん。もう少し待ってもろてもええ？』

その後に香織は、あー、と洩らして顔を両手で覆った。

『あの夜のことを思い出したら、穴に埋まりたくなる。この話はしまいや』

そう言っていた香織は、しばらくして春彦さんにこう伝えたという。

『うちの告白、なかったことにしてくれへん？　これからはただの友達、仲間としてこれまで通り仲良くしてくれると嬉しいし』

春彦さんとしては、寝耳に水だったそうだ。

私も結局、香織の身に何が起こったのか、訊けずにいた。

「──葵、そんな困った顔しなくても。うちは大丈夫やで」

私は我に返って顔を上げた。

香織は、ぷぷっ、と笑っている。

春彦さんへの気持ちがどうなったのか気になるけれど、香織が話したがらない以上、無理強いはしたくない。

そんな私の心中を察したようで、香織はまた小さく笑う。

「葵はほんま、ええ子やな」

「へっ？」

「うちが葵の立場なら、『なんでなんで』て訊いてしまいそうや」

そんな、と私は苦笑する。

「うちが『なんでなんで』て訊くのは、きっと時々『なんでなんで』って訊いてほしい場合もあるからやて思う」

そこまで聞いて、ようやくピンときた。

香織は自分からは話しにくかっただけで、今はもう訊いても大丈夫なようだ。

「クリスマスの夜、何かあったんだよね……？」

「そやね。ちょっとしたことがあって、諦める気持ちになった」

「どうして？」

思わず突っ込んで訊ねると、まぁ、その……香織は弱ったように、目を伏せる。

「言うたら、軽蔑すると思うんやけど」

「……どういうこと？　もしかして酔っぱらって、法に触れるようなことを？」

まさか、と香織は首を横に振る。

私のその言葉で、話す覚悟ができたようだ。

香織は一つ息をついてから、口を開いた。

「クリスマスパーティの後、春彦さんと二次会に行ったって言うたやん？」

うん、と私は微かにうなずく。

「出町柳駅の辺りで飲んでたんや。で、春彦さんが最近その辺りで一人暮らしを始めたって話を聞いて」

「知らなかった。春彦さん、一人暮らしを始めてたんだ……」

「元々、鞍馬《くらま》から大学に通うのが大変だったのと、出生の秘密を知ってから、お母さんと倉科さんを二人にしてあげたいて気持ちもあったそうや」

そうだったんだ、と私は相槌をうつ。

実際、鞍馬の山荘から大学まで通うのは、少し大変だろう。

とはいえ、同じ左京区なんだけど……。

「まぁ、その夜は盛り上がって、お互い酒が進んでしもて終電を逃したんや。うちも酔っぱらってた勢いで、『春彦さんの家に行きたい。始発まで置いてくれへん？』て言うてしもて」

えっ、と私は驚いて、香織を見る。

「ほら、軽蔑するやろ？」

「ううん、そんなんじゃなくて」

香織は、男の人に対しての警戒心がとても強い。そんな香織が、男性の家に行きたい、と自分から言ったのが意外だったのだ。

もちろん、大丈夫だったのか、純粋に心配になったのもあるのだけれど……。

同時に、なぜ、香織がこれまで私に話せなかったのか、その理由が腑に落ちた。

酔っぱらった勢いで、そんなことを言ってしまったのを恥じているのだろう。

私も『七つの星』での夜、勢いで危険な賭けに出た自分の言動を今も思い返しては責めているから、その気持ちはよく分かる。

「うちも変な意味で言うたわけやないんや。そやけど、春彦さんは急に真剣な表情になって、『それは駄目だよ。始発まで河原で過ごそう』って言うてくれて……」

私はホッとして、胸に手を当てた。

そういえば、前に香織は『春彦さんは紳士的だった』と言っていたのだ。

「で、春彦さんは家からダウンやストール、カイロとかたくさん持ってきてくれて、ほんまに朝まで河原で一緒に過ごしたんや」

「春彦さん、本当にいい人だね」

「うん。うちも誠実な人やて、感動してた……」

けど、と香織は息をつく。

「河原で一晩一緒に過ごしていて分かったんや。春彦さんはうちにまったく気持ちがないんやなて。誠実なのはもちろんやけど、そもそも友達以上になりたなかったから、家には呼べへんかったんや」

そんなことないと思う、と声を大にして言いたかった。

けれど、春彦さんの気持ちが分からない以上、勝手なことは言えない。私は出かかった言葉を飲み込んだ。

「春彦さんはうちと友達でいるのを望んでるやろし、うちもそれがええと思て。ほんで、告白をなかったことにしてもろた」

そういう流れだったんだ。

「でも、春彦さんとしては一度された告白を取り下げられたら、少なからずショックだと思うよ？」

「それはないのんとちゃう？　ホッとしてるて思うし」

「そうは言っても、春彦さんの本当の気持ちは分からないよね？」

詰め寄ると、香織は、うーん、と唸った。

「分からへんけど、うちに気持ちはないんやと思う」

明言する香織の姿に、私は少し戸惑った。

どうやら、河原で一緒に過ごす中で『自分に可能性はない』と思わせる言動が春彦さんにあったのだろう。

「まぁ、友達に戻る言うても、気恥ずかしいのんとばつが悪くて避けてしもてるし、なんや中途半端なんは自覚してる。実際、なんやモヤモヤしてて」

と、香織は弱ったように笑う。

そっか、と私は相槌をうち、どうしたものか、と額に手を当てた。

香織はこの恋からフェードアウトしようとしている。それは仕方ないのかもしれないけど、香織には、モヤモヤとした気持ちを整理してもらいたい。

私は顔を上げて、香織を見つめた。

「あのね、とりあえず、ホームズさんへのプレゼント案が浮かんだの」

「あっ、そうなんや」

「展覧会の作品をホームズさんへのプレゼントにしようかなって」

「ああ！　『器と花』やな。ええと思う」

「香織も……今の自分の気持ちを作品にこめてみるのはどうかな？」

かつて香織が生けた花が頭に浮かぶ。とても凛としていて、美しかったのだ。

花と向き合っている時、きっと香織は無心になれるのだろう。

私の提案に、香織は、えっ、と目を見開いた。

3

「あんちゃん、円生から『しばらく留守にする』ってメールが入ったぞ」

小松はいつものようにパソコンに向かった状態で、話しかける。

清貴は今も、小松探偵事務所にいた。

――と言っても以前のように毎日ではない。

先日、賀茂澪人が小松探偵事務所を訪ねてきたことで、清貴の中で心境の変化が起こったようだ。

まだ完全に撤退はせず、週に何日かはここに来て、コンサル業をもう少し続けようという気持ちになっているようだ。

小松にとって（おそらく他の場所でもそうだっただろうが）、清貴は福の神だ。

毎日じゃなくてもこうしてここにいてくれるのは、ありがたくて仕方ないと、手をすり合わせている。

小松の言葉を受けて、清貴は、へぇ、と口角を上げた。

「それは良かった」

「顔見なくて済むからか？」

そう問うと、清貴は小さく笑う。

「それはもちろんですが、それだけじゃなく、円生がようやく動き出したようなので」

えっ、と小松は前のめりになる。

「描き始めたってことか？」

おそらく、と清貴はうなずく。

「しばらく化野《あだしの》のアトリエに籠るのでしょうね」

「あんちゃん、嬉しそうな顔をしてるな」

無自覚だったのだろう。にこにこしていた清貴だが、小松の言葉を受けて、すぐに真顔になった。

「それはもちろん、円生に限らず、才能のあるクリエイターが活動を再開するのは、僕にとって好ましいことです」

などと、すました顔で言う。

素直に、円生が絵を描き始めて嬉しいと認めれば良いものを……。

ぷぷっ、と小松が笑っていると、清貴が冷ややかに一瞥をくれた。

小松は体をびくっとさせて、咳払いをし、話題を変える。

「あー、そういえば、澪人くんに頼まれてた鑑定の仕事はどうだったんだ？」

先日、清貴は澪人から鑑定の仕事を請け、中川まで行っていた。

そして今度の週末、件《くだん》の『お化け屋敷』へ赴く手筈となっている。

「そうですね……いろいろありましたが、無事一件落着しましたよ」

はっ？　と小松は訊き返す。

「鑑定に行って、なんでいろいろあるんだ？」

「それは、また今度、ゆっくりと」

「ま、いいけどよ。そういえば、嬢ちゃんがチラチラ見てくる件はなんだったんだ？」

ああ、と清貴は顔を上げる。

「直接、葵さんに訊いたんですよ。どうして僕を見ているのかと」

「おっ、それで？」

「そうしたら、『何年一緒に過ごしても、やっぱりホームズさんは素敵だなと思って見ていたんです』と言ってくれまして……」

そう言うと、清貴は嬉しそうにはにかんだ。

小松はぽかんと口を開ける。

プライベートの時間ならば、葵がそういう気持ちでチラチラ見ることもあるだろう。

しかし、仕事中にそうした理由で清貴を見ているとは考えにくい。

葵はとても生真面目なのだ。おそらく真相は他にある。

「えっと……、あんちゃん、その理由を信じたんだな？」

と、恐る恐る訊ねると、

「いえ、まさか」

思いのほか、清貴はあっさり否定した。

「えっ、信じてないのか？」

「はい。葵さんが僕を見ていた理由は他にあると思ってます。ですが、たとえ誤魔化しているとしても、そういうふうに言ってくれたのが嬉しいんです。その言葉自体は嘘ではないと信じていますし」

清貴の話を聞き、小松は、はーっ、と息をついた。

「あんちゃんは、嬢ちゃんに関して頭が沸いてるようで、沸ききってもいないんだな」

「そうですね。お湯で言うと九十三度くらいでしょうか」

「なんだよ、その温度？」

「僕が思うコーヒーが美味しい温度です」

「なんだそれ」

「でも、ちょっとしたことですぐ沸騰しますよ」

知ってる、と笑っていると、インターホンが鳴った。

小松はすかさず来客を確認し、おっ、と声を上げた。

「あんちゃん、相談客だ」

「えっ、僕にですか？」

客が相談に訪れた場合、まず事務所に通したあと、誰に相談に乗ってもらいたいかを客に問う。ほとんどが清貴を指名するとはいえ、それが一応の流れだ。現時点では清貴目当てと確定しているわけではない。

とはいえ、今回は例外だった。

「ああ、春彦《はるひこ》さんでしたか。どうぞお入りください」

画面を確認するなり、清貴は瞬時に微笑む。

──梶原《かじわら》春彦だ。

彼は、梶原秋人の弟であり、今や利休に続いて清貴の弟分と言っても良いだろう。

思えば清貴は、年上には容赦ないが、年下には優しい。

この優しさをもう少し年上の男たちにも向けてほしいものだ。

「──すみません、今日は相談ではなくて、報告がありまして」

春彦は、ぺこぺこと頭を下げながら、事務所に入ってきた。

「ということは、気持ちの整理がついたのでしょうか？」

「ええ、まぁ」

春彦の頬がほんのり赤くなる。

「どうぞお掛けください」

と、清貴はソファを勧めてから、コーヒーの用意を始めた。

春彦の相談内容は、前回の続き──葵の親友・宮下《みやした》香織《かおり》との恋愛相談だ。

どんな話だっただろうか？

小松は腕を組んで、これまでの二人の流れを思い返す。

梶原春彦は元々、同じ大学の女子学生（香織のサークルの先輩）と交際をしていたが、振られてしまい、落ち込んでいた。

失恋のショックを紛らわすべく、『京の町をもっと素敵にしたいプロジェクト』、略して『京もっと』というサークルのようなものを立ち上げて、精力的に活動していた。

その活動に香織も加わり、二人は親しくなる。

共に過ごすうちに、香織は春彦に恋をしていることに気付いたという。

だが、春彦は前の彼女への想いを残しているだろうから……、と香織は自分の気持ちを打ち明けずに、仲間として接していた。

そんな時、春彦は自分の出生の秘密を知り、衝撃を受けて、行方不明になるという出来事があった。

春彦はただ単に一人になりたかっただけなのだが、思いつめた春彦が何か間違いを起こすのではと、周囲は騒然としたのだ。

春彦の姿を見付けたのは、香織だった。

香織は落ち込んでいる春彦に向かって、自分の気持ちを打ち明けた。

それは、『自分のようにあなたを想っている人がいるのだから、早まったことはしないで』という、彼を助けたい一心での、勢いからの告白だった。

その時の香織は、告白の返事を春彦に求めなかった。

その後も仲間として活動を続けながら、春彦は香織のことが気になってきていたという。

前回相談に来た時、春彦はこう言っていた。

『香織さんに告白されてから、彼女を意識するようになりました。香織さんとは波長が合うというか……、一緒にいてとても楽しいんです。何よりとてもまっすぐで素敵な子なんですよ』

しかし、ある日突然、香織から、『うちの告白、なかったことにしてくれへん？　これからはただの友達、仲間としてこれまで通り仲良くしてくれると嬉しいし』と言われ、春彦は混乱した。

そうしてここに相談に訪れたのだ。

『いきなりそんなことを言われてしまって頭が真っ白です。僕の何が悪かったのかな、とかいろいろ考えてしまって』

なぜ、いきなり告白を撤回されたのか分からない、と頭を抱える春彦に、清貴はスパッと答えた。

『勝手な想像で香織さんの気持ちを推し量ったりせずに、彼女の気持ちを訊いてみたらどうですか？』

『そんなこと……訊きにくいですよ。なんだか、友達にも戻れない気もして』

と、煮え切らない春彦に、清貴は容赦なかった。

『そもそも好きな子と友達になんてなりたいですか？』『僕は嫌ですね。そんな蛇の生殺しみたいなポジション』『近くでチャンスを狙うためとか、他の男が近付くのを阻止するために、友達として側にいたいというなら理解できますが。むしろ、そのための作戦を取りたいというなら、また話は違ってきますよ』

などと言うと、春彦は自分がどうしたいのか分からなくなり、一度整理をする、と帰っていったのだ。

これが前回の話だ。

「――報告と仰っていましたが、香織さんのことですよね？」

と、清貴はコーヒーを春彦の前に置きながら問うた。

春彦は、はい、と首を縦に振る。

「自分の気持ちに向き合って、はっきりしました。僕はやっぱり香織さんが好きです」

あまりに真っ直ぐな告白に、小松の方が照れてしまって頬が熱くなる。

一方の清貴は、うんうん、と微笑ましそうに相槌をうっていた。

急に春彦も恥ずかしくなったようで、頬に手を当てて目をそらす。

「すみません、こんなこと聞かされても困りますよね。以前、中途半端なままここを後にしたので、自分へのけじめとして伝えにきたんです」

「では、これから、本格的にアプローチを?」

少し嬉しそうに問う清貴に、春彦は少しだけ身を縮めた。

「はいっ……と、強く言いたいところですが、香織さんに告白を撤回されてしまってからというもの、彼女は僕と二人きりになるのを避けているんですよね」

ははっ、と春彦は自嘲気味に笑って、話を続ける。

「本当を言うと、少し怖気づいてしまっているんです。僕はホームズさんと違って、もし、交際できなくても香織さんとはこれまで通り友達として付き合っていけたらと思っているのもあって、動くのに慎重になってしまって……」

その気持ちは、想像に難くない。

「香織さんは優しいから、僕のことを嫌いになったとしても、ハッキリとは言わずに、あいう言い方をしてくれたのかもしれないなとか思ったり……」

話しながら、春彦の表情がどんどん暗くなっていく。

ふむ、と清貴は腕を組んだ。

「あらためてお伺いしますが、なぜ告白を撤回されてしまったのか、本当にその理由に心当たりはないんでしょうか？」

春彦はごくりと喉を鳴らしたあと、

「……あ、ええと、はい」

と、ぎこちなく答える。

その後、頭を掻き、急に居たたまれなくなった様子で、春彦は腰を上げた。

「今日はその報告だけと思っていたので、僕はそろそろ」

そのまま出ていこうとして、あっ、と振り返った。

「あらためて、ありがとうございました。ホームズさんのおかげで、気持ちの整理がつきました」

「いえいえ、僕は何も。がんばってくださいね」

はい、と春彦は笑顔で答えて、事務所を出ていく。

「いやぁ、春風のように爽やかな男子だよな」

しみじみとつぶやいた小松に、清貴は、ええ、とうなずく。

「上手くいってほしいですね」

「にしても、どうして、告白撤回されたんだろうな？」

「理由は分かりませんが、今の春彦さんには、思い当たることがありそうですね」

「やっぱりそうだよなぁ」

まぁ、がんばれよ、若人、と小松は緩く口角を上げた。

第二章　黄昏のホラーハウス

1

「いや～、いよいよお化け屋敷か。楽しみだなぁ」

清貴が運転する車の助手席で、鼻歌交じりにそう言ったのは、梶原秋人だ。

後部座席には、小松と利休が座っている。

まるでピクニックだな、と小松は肩をすくめて、窓の外を眺めた。

四人は、賀茂澪人からの依頼を遂行するため、件《くだん》の屋敷へ向かっていた。

この依頼、澪人は大勢で来ても良いと言ったらしい。

賑やかな方が『陽』の気が強くなるそうだ。

それを聞いた清貴が、まさに『陽』の象徴ともいえる秋人に声を掛けたところ、『行く』

と二つ返事だったという。

秋人は、明らかにはしゃいでいた。

その気持ちは、小松にも少し分かる。

これから肝試しに向かう気持ちと少し似ているのだ。

届いて間もない車は、真新しい匂いに包まれていて、さらに心が弾んだ。

秋人も浮かれたように、『葵ちゃんじゃなくて悪いな』などと言って、助手席に収まっている。それに対して面白くない顔をしているのは、利休だ。どうやら、自分が助手席に座りたかったようだ。

「ねっ、秋人さん、もしかして最近暇なの？　そういえばご当地レンジャーもいつの間にか終わってたよね。夏の舞台までお休み中？」

芸能人に、最近暇なのか、という質問はおそらくタブーだろう。

秋人は勢いよく振り返って、

「ご当地レンジャーが終わったのは、人気がなくなったんじゃなく、レンジャーたちが人気になりすぎて、みんな卒業しちまったんだよ！」

そうでしたね、と清貴が相槌をうつ。

「皆さん、大活躍ですね」

「そうだよ。で、俺は今、大阪での仕事が多いんだ。今週はたまたま空いてたってだけ。みんなはラッキーってことだな」

ラッキー……？

清貴、利休、小松はバックミラー越しに視線を合わせる。

「ちなみにお化け屋敷の場所はどこだって？」

「愛宕山《あたごやま》の方だとか。化野のさらに北西ですね」

「化野か……」

小松の脳裏に、ふと、円生の姿が頭を過る。

それは利休も同じだったようで、少し前のめりになった。

「ねっ、清兄。円生さんが本当に化野のアパートにいるのか、気にならない？」

「俺も同じこと思ってたとこだよ」

と、小松が続けた。

円生は、しばらく留守にする、というメールを最後に、まだ事務所に戻ってきていない。

最初は、アトリエで絵を描いているのだろう。良かった良かった、などと思っていたのだが、あまりに姿を見せないと心配にもなってくる。

だが、小松は、円生の兄でも父親でもなんでもない。

いつ帰るんだ？　などと連絡するのも気が咎めた。

清貴は車を運転しながら、すっかり保護者のようですね、と笑う。

「では、行きしにアパートの前を通ってみますか？　もし円生がいたら彼のバイクが置いてあると思いますし」

円生は遠くへ移動する場合は、２５０ccのバイクを使用していた。

おお、と秋人が愉しげに手を打った。

「そうしようぜ。なんなら円生もお化け屋敷に誘うとか」

「来るとは思えませんねぇ」

「俺も同感。あっ、その前に、あんちゃん」

「はい」

「『生き死に』ってなんのことだ？　生死に関わるわけじゃないんだよな？」

小松の質問に、車内は静まり返った。一瞬の間の後、ぷっと皆が笑う。

「えっ、何か面白いこと言ったか？」

「生き死にって、コマっさん」

「そうそう、生死に関わるって」

秋人と利休がくっくと笑う。

清貴も小さく笑っていたが、失礼しました、とすぐに表情を整えた。

「これも方言でしたね。『向かいがてら』『行くついでに』というのを『行きしに』や『行きしなに』と言うんですよ。帰りがけのことは、『帰りしなに』と言いますね」

はぁ、と小松は相槌をうつ。

「よし、それじゃあ、行きしな？　に頼むよ」

「おっ、早速使いこなしてるっすね、コマっさん」

おうよ、と小松は腕を組む。

「承知しました」

と、清貴は、軽快に車を走らせる。

そうして、車は丸太町通をひたすら西へと進み、嵐山付近の賑やかなエリアをアッという間に通り過ぎて、北西へと進んでいった。

あだし野念仏寺の側まで来ると、静かな雰囲気だ。

対向車も少ない。たまたま高級外国車とすれ違って、秋人は小さく息をつく。

「ベンツだ。京都の外に出たからこそ思うんだけど京都って本当に外車が多いよな？」

「それ、俺も思ってた」

と、小松が強く同意する。

「実際、所有率も高いとか。とはいえ、今すれ違った車は神戸ナンバーでしたね」

清貴の言葉を受けて、秋人はバックミラーを確認した。

「おっ、そうだったか?」

「まぁ、京都は、観光で訪れる富裕層も多いので、余計にそう感じるのでしょう」

「つまり、京都にはセレブが集まりがちってことか」

ふぅん、という様子で秋人が頭の後ろで手を組む。

「ちなみに、軽自動車の所有率も高いですよ」

「それもたしかによく見るな」

道も狭いしなぁ、と小松がうなずいていると、

「ああ、円生のアパートですよ」

清貴の声で、小松はハッとして窓の外に目を向けた。

二階建てで、外に階段がついている古いアパートが見える。

はーっ、と秋人が息を吐き出した。

「噂通りのボロアパートだな」

「階段とか、錆びて朽ちそうだね……円生さんも他を借りたらいいのに」

利休が顔をしかめながら言う。

「ずっとああいう環境で描いてきたので、落ち着くのではないでしょうか」

建物の前に円生の黒いバイクが置いてあり、小松はホッと息をつく。

「やっぱりここにいるんだな」

「ええ、きっと籠って描いているんでしょう」

「せっかく家の前まで来るんだったら、円生さんにプリンの差し入れでも持ってきてあげたら良かったよね」

「いやぁ、うぜぇって一蹴してくるだろ」

秋人の言葉に、間違いない、と小松は笑う。

清貴はそのままアパートの前を通り過ぎて、山道を走る。

やがて、小さなトンネルの入り口が見えてきた。

片側一車線のようで、入口の前に信号がついている。

ちょうど青信号のようだ。

「皆さん、このまま進んでも良いですか?」

清貴は、ふふっ、と笑って訊ねる。

「僕は構わないけど」

「ってか、どうして、そんな確認を取るんだよ?」

「だよな。信号が青なんだから普通に行けよ」

利休、秋人、小松の順に答えた。

「このトンネルは、『清滝《きよたき》トンネル』と言いましてね。京都でも有名な心霊スポットなんです」

「あー、ここが『清滝トンネル』か。聞いたことある」

秋人の言葉を聞きながら、小松は、ふぅん、と相槌をうった。

トンネルが心霊スポットというのは、よく聞く話だ。

京都にもそんなのがあるんだな、と欠伸をしながら思う。

「このトンネルには、いろいろ謂れがあるのですが、有名なものに、ここに辿り着いた時に、信号が青でそのまま入ってしまったら、『心霊現象に見舞われてしまう』、『黄泉《よみ》の国へ連れて行かれる』などというのがあるんですよ」

「………………」

「トンネルの中では、女性の幽霊が現れる、呻き声が聞こえる、手形の水滴が落ちてくるなどと言われています。それを回避するためには信号の前で停まって赤になるのを待ち、再び青になってから入ると良いそうなんです」

秋人は焦ったように言う。

「そ、それじゃあ、そうしろよ」

「だな、停まっておこうぜ」

小松が同意するも、でも、と利休が続けた。

「清兄は、そういうの、気にしないんでしょう？」

「ええ、僕はそういうの、あまり気にしないんですよね」

はぁあ？　と秋人と小松は揃って声を裏返し、前方に目を向けた。

ひっそりとした小さなトンネルは、まさに冥界の入り口のようだ。

これまで、心霊スポットなど行ったことがなかったため、ピンと来ていなかったのだが、
こうしてどんどん近付いてくるトンネルを前にして、恐怖心が生まれてくる。

トンネルの中は、もちろんライトが点いているのだが、その先が見えない。

何が出てもおかしくない雰囲気だ。

「いや、ホームズ、あそこはやばい気がする」

と、秋人が言う。完全に同感だ。あそこは危険だ、と本能が訴えている。

小松がギュッと目を瞑ったその時、清貴はブレーキを踏んだ。

あれ、と小松は目を開ける。

「そのまま行かないことにしたか？」

「実は、元々停まるつもりだったんです」

すみません、と清貴はいたずらっぽく笑う。

秋人は脱力したように、息を吐き出した。

「ったく、なんだよ、焦らせるなよ。ホームズもなんだかんだ言って迷信を気にしてたんだろ」

「いえ、清滝トンネルは意外と長いトンネルなんですよ。ですので信号が青だったとしても、そのまま行くのは危険な場合があり、停まった方が良いと言われているんですよね」

「それって、交通安全のためにか？」

小松が問うと、そうです、と清貴はうなずく。

その判断は間違っていなかったようで、すぐに信号が赤に変わった。

あのまま入っていたら、対向車とのトラブルになりかねない。

「それならそうと言えよ」

「失礼しました。いかんせん、性格が悪いもので」

さらりと言われて、秋人は「知ってるよ」と口を尖らせる。

その様子に思わず笑いが込み上げた。

やがて信号が青に変わり、清貴は車をそろりと発進させながら、

「では、行きますね……」

あえて声のトーンを落として言う。秋人は舌打ちした。

「ったく、変な雰囲気出さずに行けよ」

清貴は、はい、とアクセルを踏んで、トンネルの中へと進んでいく。

狭いアーチ状のトンネルだ。

オレンジのライトがモルタルの壁をぼんやり照らしているが、どうにも拭い去れない仄暗い雰囲気がある。

風が吹き抜ける際、音が鳴って、悲鳴のように響いていた。

暗がりに、髪の長い女の幽霊が立っていそうな気がして、横を向けない。

バックミラーに見知らぬ女性が映っていそうで、顔も上げられなかった。

早く走り抜けてほしいと願うのだが、清貴が言っていた通り、なかなかの長さだ。

「マジで長いな」

秋人の囁きに、利休が答える。

「約五百メートルって話だよ」

「こういうトンネルにしては、まあまあだな……随分長く感じるのは、狭いせいもあるんだろうな」

と、小松が洩らした。

「狭いのは、元々ここが愛宕山鉄道のトンネルだったからなんです。廃線後にこうして道のトンネルとして使われるようになりました」

「鉄道のトンネルと聞けばそんな感じがするな……」

その時、ピチャッ、とフロントガラスに水滴が落ちてきた。

ぎゃっ、と秋人は上体を反らせた。つられて、小松の体も跳ねる。

「怖いですか？」

清貴はにやりと笑って訊ねる。

「ちげーよ。曰く付きって聞いてるから、びっくりしただけだよ」

「そうそう、心霊スポットという事前情報があるから、神経が尖るんだ」

ムキになる秋人と小松だが、利休は呆れ顔だ。

「にしても、二人とも尖りすぎじゃない？」

「人によっては、今の水滴も手形に見えるのでしょうね」

と、清貴は、少し楽しそうに言う。

その様子に、面白くない気持ちになる。

それは秋人も同じだったようだ。

「ホームズはどうなんだよ。こういう心霊スポット、本当に少しも怖くないのか」

ムキになって言う秋人に、清貴は、うーん、と眉間に皺を寄せた。

「……どうでしょう。そもそも、そういう目では見られないんですよね」

「どういう意味だよ？」

「こうしてトンネルの中を走りながら建築構造に興味を持ったり、老朽化している部分などを見付けて心配になったり、そういう方向へ意識がいくので、心霊現象云々への恐怖心が生まれないんですよね」

話を聞きながら、なるほどなぁ、と小松は相槌をうつ。

そうなのだ。

清貴は目に映ったものを、瞬時に『情報』として詳細にキャッチする。

その後、何かトラブルが起こった場合をシミュレートし、対策を講じるのだ。

そこにありもしないものに想像を膨らませて、恐怖を覚えたりしないのだろう。

「もし、あんちゃんが幽霊を見てしまった場合、どうなるんだろうな？」

どうなるんでしょうね、と清貴は頬を緩ませる。

「今のところ見たことがないので、分からないのですが」

そんな話をしていると、ようやくトンネルを抜けることができた。

秋人はホッとした様子で、胸に手を当てる。

「抜けてしまえば、ただの狭いトンネルって感じだよな」

途端に余裕のある態度になって、ふんぞり返った。

「この近くに『試峠《こころみとうげ》』という名の峠道がありまして、峠の上にカーブミラーがついているのですが、それがとても奇妙な付き方をしているんですよ」

はあ、と秋人は相槌をうつ。

「なんと、下向きについていて、何もない地面を映しているんです。真下まできて、もしそのミラーに映らなかったら……」

「映らなかったら……？」

秋人はオウム返しをする。

小松も黙って話を聞きながら、ごくりと喉を鳴らした。

「死んで、しまわれるそうです……」

深刻そうな口調で言った清貴に、なんだよ、と秋人は噴き出す。

「そんな話かよ。まー、あるあるだよな」

「だな。映らないわけがないだろうに」

やれやれ、と小松は肩をすくめた。

「そうですよね。せっかく近くまで来ていますし、行ってみますか？」

「や、やめろって」

「そうだよ、心霊スポットは遊び半分で行くところじゃないんだぞ！」

ムキになる秋人と小松に、利休は、くっくと肩を震わせている。

「本当ですね。では、向かいましょうか」

清貴はにこりと笑って、車を走らせた。

2

件の屋敷は、日本家屋を想像していたのだが、そうではなく、洋館だった。

玄関を中央にして、建物は左右に広がっている。

白い外壁のところどころに煉瓦の形をしたタイルが嵌め込まれ、焦げ茶色の幕板が張り巡らされている外国風建築だ。

わあ、と利休が顔を明るくさせた。

「チューダー様式の洋館だね。外壁はところどころスクラッチタイルだし、随分古そうだけど」

秋人が、スクラッチタイル？　と小首を傾げる。

「表面に引っかいたような模様が入っているタイルのことだよ。昭和初期頃に流行ったんだよね」

あらためて外壁を見ると、煉瓦の形をしたタイルに縦縞の溝が細かく入っていた。

「澪人くんに聞いたところ、元々明治時代に建てられた洋館をリノベーションしたという話です」

「明治か。まさに、そんな感じだなぁ」

小松が、うんうん、と相槌をうっていると、屋敷の扉が開き、

「今日は、おおきに、ありがとうございます」

賀茂澪人が出てきて、ぺこりと頭を下げた。

すでにここの家主と話をし、準備をしていたのだという。

「おお、噂には聞いてたけど、マジでイケメンだな」

秋人は、眉目秀麗の澪人を前にして、素直に感動している。

「梶原秋人さんやね。ご活躍、拝見してます。テレビで観るより男前や。お会いできて嬉しいです」

「えっ、あ、ども」

普段、手厳しい清貴を相手にしているため、ストレートに褒められたことに戸惑ったようだ。ぎこちなく会釈をしてから、小松に耳打ちした。

「同じ京男子でも、ホームズとは違って、澪人くんは性格が良さそうだな」

「おや、秋人さん、性格の悪い方の京男子ですみませんでした」

背後から清貴に囁かれて、秋人は肩をビクッとさせる。だが、すぐに気を取り直したように、ふんぞり返った。

「聞こえてたからってなんだよ。おまえは自分で自分のことを『性格悪い』って言ってたくらいなんだ。これは悪口じゃなくて事実。いわば、真理だからな」

「そうですね。僕も今事実を言ったまでですよ。とはいえ、自分で自分のことを悪く言うのは平気ですが、人に言われると傷付いてしまうのも真理かと……」

清貴は自分の胸に手を当てて、切なげに目を伏せる。

「え、ホームズ、傷付いたの？」

「いえ、傷付いていません。冗談ですよ」

さっくりと返されて、はあ？　と秋人は声を裏返した。

「ったく、そういうとこだぞ」

そんなしょうもないやりとりを終えて、皆は自己紹介を済ませた。

利休も澪人に会うのは、初めてだという。

「僕の祖父、斎藤右近は、賀茂さんの家に何度かお世話になったと聞いてます」

ありがとうございます、と利休は頭を下げる。

「ああ、あなたが右近さんのお孫さん。噂通り、利発そうな方や」

いえいえ、そんなぁ、と利休は嬉しそうに首を横に振る。

その会話を聞きながら、秋人が首を捻った。

「利休のじーさんが、どうして陰陽師の家の世話になるんだ？」

その問いには、澪人が答えた。

「右近さんは好事家《こうずや》やさかい、時々曰く付きのものを手に入れてしまうんです」

「曰く付きって……？」

「恐ろしい怨念が憑いている品ということですよ」

と、清貴が、秋人の耳元で囁いた。

秋人は分かりやすく、体を震わせている。

どうやら、清貴は人を怖がらせることに楽しみを感じるようだ。

「ったく、ホームズ、さっきから悪趣味だぞ」

まったくもって同感だ。

失礼しました、と清貴が小さく笑い、澪人に視線を移した。

「ところで、澪人くん。今日は『お祓いスタイル』ではないんですね？」

澪人は、ジャケットにパンツといった普通の出で立ちだったため、清貴は少し残念そうだ。

実は小松も、てっきり澪人が水干に烏帽子といった『いかにも陰陽師』の姿で登場するのを期待していたため、少々拍子抜けした気持ちになった。

「家の方の要望で。いかにもな姿は苦手なんやて」

「この前とは逆ですね」

なるほど、と清貴は微笑む。

『いかにもな姿』を必要とする場合があれば、その逆も然りだ。

小松は横で話を聞きながら、自分はどうだろう、と腕を組む。

「小松さんはどちらかというと、『いかにもな姿』を好まれそうですよ」

ひょこっと顔を出して言った清貴に、小松はむせた。

清貴の隣で、葵が時々むせている姿が脳裏を過り、気持ちが分かると苦笑する。

「……だから、そうやって人の心を読むのはやめろ」

「心を読むのではなく、顔を見ただけですよ」

顔？　と小松は自分の頬に手を当てた。

「『自分はどっちだろう？』と顔に書いてあったので」

そのものずばりであり、ぞくっとする。何度も思ったが、葵はよくこんな男と一緒にいられるものだ。

「で、どうして、俺が『いかにもな姿』を好むと？」

「あなたは前にオールドタイプの探偵に憧れていると仰っていたでしょう？　形から入るのを好むタイプかと」

……図星だった。

「ちなみにあんちゃんはどうなんだよ？」

「そうですね、僕も形式美を愛しく思うタイプです」

「つまり、あんちゃんも形から入るタイプってことだろ？」

「まぁ、そういうことです」

言い方を変えるだけで、随分と印象が変わるものだ。

小松は気を取り直して、屋敷に目を向けた。

人里離れた山の中にぽつんと存在している。

とても広い庭だ。だが、美しく整えられているという感じではなく、どちらかというと適当に刈り上げられている。

噴水も花壇も何もなく、あっさりしていた。周りが山の自然に囲まれているため、どこまでが所有地なのか、パッと見たところでは判別がつかない。

「ほな、家主さんがお待ちやさかい、どうぞお入りください」

と、澪人が入口の扉を大きく開けた。

「この家は、長く放置されていたそうや。けど、最近、徹底的に掃除をしたそうで、カビ臭さとかは多少のうなっていると思います」

入ってすぐに大きなホールがある。

靴を脱ぐスペースなどはなかった。

「どうぞ、靴のままで」

床は石畳だった。壁にはところどころ煉瓦のようなタイルが埋めこまれている。

中央にソファセット、その向こうに二階へ続く階段が見えた。窓は部分的にステンドグラスになっていて、壁に向かって右側には置き時計がある。

有名な童謡を彷彿とさせる大きな置き時計だ。

「まるで、外国のホテルのロビーだな……」

吹き抜けになった高い天井を眺めながら、小松はしみじみと洩らす。

清貴はというと、置き時計を見て、嬉しそうにしている。

「ドイツ製ウルゴスのホールオクロック……素晴らしいですね」

小松には、何を言っているのかよく分からなかった。

やはり人の住んでいない屋敷。カーテンはすべて外されていて、閑散とした雰囲気だ。

ドイツ製のなんちゃらという置き時計は、壊れているのか止まっていた。

目をキラキラさせているのは、利休もだ。やはり、建築物には目がないのだろう。

「絶対、ヴォーリズを意識してるよね。『大丸ヴィラ』っぽい。こんな山の中にこんな立派な屋敷があったなんて、信じられないなぁ」

「木々に隠れて見えなくなっていましたしね。それにしても、僕も驚きです」

利休と清貴は屋敷を見回しながら、感心したように言う。

清貴は、部屋の隅に目を向けて、ふふっ、と笑った。

「ちゃんと盛り塩もしてくれているんですね」

その言葉を聞いて部屋の角に目を向けると、白い小皿に塩が盛ってあるのが見えた。

テーブルの上には、お札が置かれている。

難解な文字で何が書かれているのか分からなかったが――。

澪人は、こほん、と咳払いをして、説明を始めた。

「この屋敷は、元々明治時代からあった洋館を、日本に住んでいたアメリカ人の資産家が自分好みに建て替えたものなんや。その方の名前は明かさないでほしいとのことなので、仮名として、ジョン・スミスさんとさせていただきます」

分かりやすい名前でいいな、と小松は心の中で思う。

「ジョンさんは、多くの事業を手掛け、成功した実業家ですが、建築士としても優秀でした。仕事で何度か日本を訪れるうちに、京都の裕福な家の女性と知り合うて結婚。その後にこの屋敷を買うたそうや」

「えっ、じゃあ、ここで生活してたんだ？」

と、秋人が訊ねる。

「いいえ、日常生活は御所の近くでして、この屋敷はあくまで別荘として使《つこ》てました」

「だよな。この山の中では大変だ」

うんうん、と首を縦に振る秋人の横で、清貴がホールをぐるりと見回した。

「玄関扉を開けて、応接スペースのわけですし、ここは明らかに客人を迎えるための別邸という感じがしますね」

そうやね、と澪人は相槌をうって、説明を続ける。

「けど、ジョンさんと奥さんの結婚生活は長くは続きまへんでした。一人娘がまだ小さい時に離婚。ジョンさんは、そのままアメリカに帰国しました。その際、この屋敷の権利は自分にあるままで妻と娘が使えるように残したそうや。その後、ジョンさんは病気になって他界。亡くならはったのは結構前の話なんやけど、最近になって、『私の宝が京都の別荘に残されているかもしれない』と書かれた日記が見付かったて話で……」

皆は、へぇ、と洩らす。

「それまでこの京都の屋敷なんて、まったく気にも留めていなかったんやけど、そんな日記が見付かったもんやから、ジョンさんの親戚がすぐに来日して、清掃業者に徹底的に掃除してもろたそうや」

ああ、と清貴は納得したように相槌をうつ。

「そういうことで急遽手入れを……」

「ええ、業者さんが来るまでは、入るのも憚《はばか》れる荒れようやったて。庭も鬱蒼としてたさかい、かなり木を切ったって話や」

「でっ、宝は見付かったのか？」

秋人が前のめりになるも、澪人は首を横に振った。

「いいえ、宝を探すどころやなくなってしまって」

「どうしてだよ？」

「スタッフたちが口を揃えて『幽霊を見た』と大騒ぎになったんや。『そんな馬鹿な』と親戚がこの屋敷を訪ねたんやけど、親戚も霊障に遭《お》うたて。ほんで、そん時に親戚はジョンさんの一人娘で家主の真里さんに会《お》うんたやけど……」

澪人がそう言いかけた時、清貴が、おや、と顔を上げる。

「そこにいらっしゃるのが、その娘さんでしょうか？」

清貴の言葉を聞いて、皆は、えっ、と顔を上げる。

ホールの柱から、若い女性が顔を出していた。そうです、と澪人が答える。

「真実の真に里と書いて『真里《まり》』さん、本名です。そやけど、苗字は伏せときます」

そう言うと、澪人は真里に向かって呼びかける。

「真里さん、この方々が、お願いしていた探偵さんやねん」

彼女は、おずおずと歩み寄ってきて、少し距離を置いて足を止めた。

「は、はじめまして、真里と申します」

この屋敷を建て替えたジョン・スミスの一人娘、真里が、ぺこり、と頭を下げる。

はじめまして、と皆も笑顔で会釈を返す。

真里は、アメリカ人と日本人の間に生まれた国際児だった。

その外見は白人そのもので、日本人には見えない。

赤毛のウェーブがかったボリュームのある髪を、後ろに一つに編んでいる。

薄いブラウンの瞳、白い肌のそばかすが印象的だ。テンガロンハットをかぶって、乗馬をしているのが似合いそうな外見だが、服装は白いブラウスに黒いスカートとシンプルだ。見た目に反して、快活な雰囲気はなく、内向的なようだ。

年齢はいくつくらいだろうか。

パッと見は、十八歳くらいだが、実際はもっと年下かもしれない。

「こんな姿で驚かれたでしょう。髪も鬼みたいなけったいな色ですし、どんなにまとめても、こんなに膨らんでしまうんです……」

真里は自分の髪を撫でつけて言う。どうやら髪がコンプレックスのようだ。

「綺麗な亜麻色《あまいろ》の素敵な御髪ですね」

にこりと微笑んだ清貴に、真里は驚いたように目を見開く。その後、下唇を噛んで、俯いた。

まったく。清貴は、相変わらず罪な男だ。

「……あの、今、お茶の用意をしてきます」

と、真里はキッチンへと向かった。

「なんだか、外見とは裏腹に、カゲのある雰囲気だな」

小松が小声で耳打ちすると、清貴は、ふむ、と腕を組む。

「たしかに物憂げですが……影はないかと」

そうか、と小松は相槌をうつ。

真里はキッチンまで行こうとして思い出したように足を止め、あの、と申し訳なさそうに戻ってきた。

「すみません、今、この家は電気と水道が止まっているようで……」

いいえ、と清貴を筆頭に、皆揃って首を横に振る。

「どうか、お構いなく」

真里はもう一度、すみません、と会釈をし、緊張を解きほぐすように胸に手を当てながら、そっと口を開いた。

「先ほど澪人さんが説明してくださったように、私の父は母と別れた際、この屋敷を自由に使うようにと残してくれました。ですが、母はこの家を嫌っていたようで、ここは長い間、放置された状態でした」

こんな山奥にぽつんとある洋館だ。住むには、不便だろう。

それで、と真里は話を続ける。

「ここはたくさんの思い出が詰まっている大切な場所です。ですが、父も亡くなっていたそうですし、『幽霊屋敷』などと噂されてしまっていますし、私もいよいよこの家を手放そうと思います。父の親戚が拝み屋さんを手配してくださったのも、ありがたく……」

拝み屋？　と皆は思い思いに澪人に視線を送る。

澪人は、こくりとうなずいて、片手を上げた。

「僕のことやねん」

「私ももちろん除霊してほしいのですが、聞くところによると、ここに残された想いをもすべて、無に帰してしまうということ。私はずっと、この屋敷の『秘密』を知りたいと思っていました。もしかしたら、この屋敷の亡霊はここで何が起こったのか知っているのかもしれない。ですので、あの、どうか、除霊する前にこの屋敷の『秘密』を探っていただけないでしょうか？」

清貴がそっと首を傾げる。

「その『秘密』は、あなたのお父様が残したという『宝』が関係しているのでしょうか？」

「そうかもしれないですし、違うかもしれません」

真里はどう説明すれば良いのか、という様子で目を伏せる。

「私にもよく分からないんですが、母は父のことを『恐ろしい人だ』と口にしていました。私が小さい頃に、『あの人はもしかしたら、あの屋敷で何か良くないことをしているのかもしれない』と洩らしていたのを聞いたことがあります。私は、父と母が離婚した理由がよく分かっていません。もしかしたら、この屋敷が関係しているのかもしれない。この屋敷には、何か秘密があるように思えるんです」

その時、ボーン、ボーン、と置き時計が二回、音を立てた。

今は午後一時二十分であり、時計が鳴る時刻ではない。

「この時計、とっくに壊れているのに時々こうして鳴るんです……時計の針は二時を指したままで……」

真里は俯いたまま、ぽつりと零す。

秋人はごくりと喉を鳴らして、澪人の方を向く。

「えっと、あの、澪人くん、マジでここに亡霊はいるんすか？」

はい、と澪人はあっさり答える。

「たくさんいてます」

うえぇっ、と秋人と小松はともにのけ反った。

「たくさん？」

ええ、と澪人が首を縦に振る。

「基本的に幽霊は埃と一緒でどこにでもいてます。そやから、こういう無人の屋敷には普通にいてるもんなんやけど、ここのは強い。『お化け屋敷』言われても納得や。ほんまはすぐに祓うつもりやったんやけど、真里さんもそう言うたはりますし、心霊現象を含めて皆さんにこの屋敷を調査してもらえたら、と思いました」

でもさ、と利休が小首を傾げる。

「それだったら、澪人さんが自ら調査をして祓うのが一番なんじゃない？　小松探偵事務所は必要ない気がするけど」

小松が、同感、と小声で言うと、澪人は申し訳なさそうに肩をすくめる。

「かんにん、品物に憑いてる想念と違《ちご》て、ちょっとした亡霊は僕が近付くと祓われるのを嫌がって逃げてしまうさかい」

「え、亡霊が逃げるって？」

「羨ましいチート能力だな」

小松と秋人は思わず感心の声を上げた。

澪人は、あらためて、という様子で、皆を見た。

「僕はジョンさんの親戚にもこの屋敷の除霊をお願いされてます。それは最終的にちゃんとするつもりや。その前に、ジョンさんの一人娘である真里さんの要望に応えたいて思いました。それで、皆さんにお願いしたわけです」

真里の願いは、『この屋敷の秘密を探ること』なのだ。

それは、ジョン・スミスが残した宝かもしれないし、そうじゃないかもしれない。

小松と秋人は互いに引き攣った顔を見合わせる。

そんな二人を見て、利休が呆れたように息をついた。

「二人ともさぁ、今日は『お化け屋敷の調査』だって最初から分かっていて来てるんだよね？　さっさと、仕事の準備に入ろうよ」

直球の正論を受けて、小松は押し黙る。

ですね、と清貴が微笑んだ。

「とりあえず、屋敷をくまなく見て、調べていきましょうか」

おう、と小松は自らを奮い立たせるようにうなずく。

「僕はこのホールにいてますんで、何かあったら呼んでください」

「何かあったらって、その場合は澪人さんが助けてくれるんだよな？」

秋人がすがるような声で訊ねると、澪人は「そらもちろん」と答える。

その言葉にホッとして、秋人は大きく息を吐き出す。

小松も安堵しつつ、やるか、と背筋を伸ばした。

これは、小松探偵事務所が請けた仕事なのだ。

「では、とりあえず、これが見取り図です」

澪人はテーブルの上に、折り畳んでいたA３の紙を開いた。

この屋敷は、中央に吹き抜けのホール、カウンターを挟んで奥側にキッチンがある。

一階は、ホールを中央として左右に二部屋ずつ、計四部屋。

二階へと続く階段は、ホールとキッチンの間の右端と左端についている。

二階も一階とまったく同じ造りであり、ホールの吹き抜けを挟んで、左右に二部屋ずつ、二階も全部で四部屋。

バス、トイレは、一階の両端どちらにもついていた。

「つまり、贅沢な造りの８ＬＤＫってことか」

でけぇ、と秋人が洩らすと、清貴がぽつりと零す。

「中央のホールをリビングとしても、ダイニングはないので８ＬＫでしょうか」

「ったく、相変わらず、ホームズは細けぇな」

「それにしても、左右対称にこだわる方だったんですね……」

清貴の吐露に、真里が、はい、とうなずいた。

「父が母を気に入ったのも、綺麗に左右対称の顔だったからだそうで……」

でも、と真里は自分の頬に手を当てる。

「私は、母のように綺麗な左右対称の顔ではなかったので、父に捨てられたのかもしれません……」

顔が好みじゃないからといって、娘を捨てるなんてありえないだろう、と同じ娘を持つ父として声を大にして言いたかったが、これぱかりは人それぞれだ。

屋敷を見る限り、ジョンはこだわりの強い芸術家気質だろう。

小松とは、まるで違う人種に違いない。

「この屋敷を見ていると、細部までこだわって改修したのが伝わってきます。自分の理想を詰め込んだ家だったのでしょう。それをあなたにと残したのですから、致し方ない理由があったのかもしれませんね」

清貴が穏やかな口調で言って、真里を見る。

真里は、えっ、と弾かれたように顔を上げた。

じんわりと真里の頬が赤くなる。

「……そうかもしれません」

冷え冷えとしていた空気が暖かくなる。

清貴のこうしたところは、さすがだ。

だが、罪な男だと、また思う。

では、と清貴が背筋を伸ばす。

「調査を始めましょうか。効率良く二人に分かれて行動しましょう」

「あ、それなら、俺とあんちゃん……」

小松がそう言いかけた時、秋人が遮るように声を張り上げる。

「いや、ホームズは俺と組むんだ！」

「駄目だよ、清兄と組むのは僕！」

負けじと利休が、清貴の体にしがみつく。

ここで自分も黙ってはいられない。

「悪い、あんちゃんは俺に譲ってくれ！　年寄りに情けを！」

ぱんっ、と大きな音が立つほどに手を合わせるも、

「はっ、そんなん知らねぇっす。こっちだって背に腹は替えられないんだ」

「小松さん、所長なんだから、ここはゲストに譲るべきだよね」

秋人と利休は、容赦ない。

様子を見ていた澪人が愉しげに笑った。

「清貴さん、大人気やね」

「ちっとも嬉しくないのですがね」

と、清貴は肩をすくめる。

「ここは、清貴さん自身が決めたらどうやろ？」

「僕が？」

清貴は、一列に並んでいる秋人、小松、利休を見た。

男三人はギュッと目を瞑り、どうか自分を選んでくれ、と両手を組み合わせる。

「悩むまでもありません、僕と組むのはこの子ですよ」

清貴は、ぽんっ、と利休の頭に手を載せた。

利休は明るい顔で飛び跳ねるように言う。

「やったー、やっぱり清兄には、僕だよね」

「もちろんです。頼りにしてますよ、利休」

清貴に選ばれて嬉しい利休。

忠実なシモベを従えられて、得意満面の清貴。

二人の利害（？）は一致していた。

小松と秋人は互いに顔を見合わせて、よろしく、と力なく微笑む。

「俺、調査に入る前に、まずトイレに行ってくる」

と、秋人は言ったあと、あっ、と口に手を当てた。

「そういえば、水道が止まってるから、トイレは使えないんすか？」

「止まってはいますが、トイレは水道が関係ないので、問題なく使えます」

水道が関係ない？　と秋人は目を丸くする。

すぐさま澪人が説明を補足した。

「この家のトイレは、汲み取り式なんや」

「あ、そうなんだ……」

今時、ぼっとんトイレかぁ、と秋人は小声で言って、右側の通路に向かって歩いていった。

3

「トイレ、トイレ、と」

秋人は、軽い足取りで廊下を歩く。

これが真夜中なら震え上がりそうなものだが、まだ午後一時半。

窓から太陽の光が差し込み、屋敷を明るく照らしている。

余裕、と構えるも突き当たりに近付くにつれて、木々が光を遮り薄暗くなっていく。

「うっ、暗ぇ」

お化け屋敷なんて聞いているから、怖くなるんだ。

「くそ、廊下、長いな」

秋人は顔を引きつらせながら、廊下を足早に歩く。

突き当たりまで来ると、二階へと続く階段があった。折り返しタイプの階段のようで、二階は見えない。

電気がついていないので、真っ暗だ。

折り返し部分から誰かが覗いていそうな気がして、背筋が寒くなる。

秋人は頭《かぶり》を振って、突き当たりの扉を開けた。

そこは洗面所で、バスルームの引き戸とトイレのドアが並んでいた。

「おっ、レトロな洋館の風呂はどんなんだ？」

興味本位で、バスルームの引き戸を開ける。

その瞬間、秋人は絶句した。

海外の映画で観るような、白い猫脚のバスタブだった。

驚いたのは、お洒落なバスルームだったからではない。

バスタブ、壁、床、鏡が、真っ赤な血で染まっていたからだ。

錆びた鉄のような生臭さが、鼻の奥を突き刺す。

「うわぁああああ」

秋人は絶叫してトイレを飛び出し、廊下を全力で走って、ホールに飛び込んだ。

*

「大変だ！　バスルームが血まみれなんだ！」

はぁ？　とソファで談笑していた皆は、揃って振り返る。

清貴は、そっと小首を傾げた。

「どうしてトイレに行って、お風呂の話になるんでしょう？」

「いや、今突っ込むところはそこじゃねぇだろ？」

「まさか、バスルームで用を足そうと……？」

ちげえよ、と秋人は声を裏返して、目を剥きながら、清貴に詰め寄る。

「ちゃんと聞けよ、バスルームが大変なんだよ！」

「それで、あなたは用を足してきたのですか？」

清貴に問われて、秋人は我に返ったように目を開いた。

「……いや、まだしてないんだ」

「それじゃあ、まず行ってきてください。そのあとに確認しますから」

「いや、マジで無理。一人では無理。頼むよ、ホームズ、一緒にきてくれよ」

と、秋人は清貴の腕をつかむ。

「子どもじゃないんですから、トイレくらい一人で行ったらどうでしょう」

「トイレに一人で行くのが大人だと言うなら、俺は大人になんかなりたくない。一生子どもでいい。だから頼む、付いてきてくれ」

必死の形相を見せる秋人に、清貴は、やれやれ、と立ち上がった。

「では、確認を兼ねて、みんなで行きましょうか」

そうだな、と小松も立ち上がる。

「お、おう。みんなも絶対、ひっくり返るからな」

歩きながら秋人は清貴の腕を組むようにして、ギュッとしがみついた。

「秋人さん、やめていただけませんか？　あなたと腕を組むのは不快です」

「いや、実は俺も組みたくて組んでるわけじゃないんだ。けど、今は背に腹は替えられないだよ。だって背中は腹にならない、背中は背中、腹は腹、そうだよな？」

顔をひきつらせて笑う秋人に、清貴は顔をしかめる。

秋人のただならぬ様子から、バスルームは本当に血まみれだったのかもしれない、と小松は息を呑んだ。

突き当たりの扉とバスルームの引き戸も開いたままになっている。

「血はありませんね」

「えっ？」

そう言った清貴に、秋人は身を乗り出す。

そこには、真っ白なバスタブがあった。

バスルームには窓があり、二月になった今も、まだ赤く色を染めている紅葉が鏡や光に反射してバスタブや壁に色を映している。

ぷっ、と小松と利休は思わず噴き出した。

「なんだ、紅葉を血だと勘違いしたのか？」

「もう、秋人さん。怖いと思っているからだよ」

と、利休が肩を落とす。

「いや、でも、あの時は……」

秋人は戸惑ったように、バスルームを確認し、目を泳がせている。

「とりあえず、用を足してください。僕たちは戻っていますので」

清貴と利休は、即座に踵を返す。

秋人は、たまたますぐ近くにいた小松の腕を掴んだ。

「頼む、コマっさん、ここにいて」

「ええ？」

「人生最速でするから」

秋人はそう言ってトイレの中に飛び込んでいく。ややあって、ふぅ、と息をついて出てきた。

「ああ、スッキリ、それじゃあ、コマっさん、戻りますか」

晴れやかな顔を見ていると、つられて自分も尿意を催してくる。

「先に行ってろ、俺もついでに用を足してから戻るよ」

「じゃあ、走って戻ってますんで」

秋人は、全力とも思えるスピードで廊下を駆け抜けていった。

「――結局、血はついてへんかったんやね？」

小松がトイレから戻ると、澪人、清貴、利休、真里は、ホールのソファに腰を下ろしていた。

二人掛けソファが二脚、一人掛けが二脚、テーブルを囲むようにして置かれている。

真里と澪人は一人掛けソファに、二人掛けのソファの片方に清貴と利休が並んで座り、もう片方に秋人が一人で座っていた。

失礼、と小松は秋人の隣に腰を下ろす。

澪人の質問に答えたのは、清貴だった。

「血はついてませんでした。紅葉が鏡に反射して、綺麗でしたよ」

ねっ、と清貴が、秋人に視線を送る。

秋人は苦々しい表情を見せた。

「いや、マジで血だと思ったんだけど」

ふむ、と澪人は顎に手を当てる。

「秋人さんは、意外とこういうのんに弱いんやな」

秋人は、あー、と洩らして、顔を手で覆った。

「陰陽師の澪人くんまで、俺がビビりだから錯覚したと思ってるんだ」

いえ、と澪人は首を横に振る。

「秋人さんは、たしかに血を見たんやと思てます」

秋人は、えっ、と目を瞬かせて、そのまま前のめり気味に訊ねた。

「信じてくれるんだ?」

澪人は、もちろん、と膝の上で手を組み合わせる。

「そもそも、亡霊等々は、『目』で見えるものやないんです。霊感の強い人の中には、あんまりはっきり見えるんで目で見てる思うてる人もいるんやけど、実際は、視覚で捉えているんやなくて、ここ、脳に映し出されているんです」

そう言って澪人は、人差し指を自分のこめかみに当てる。

さっきも言いましたけど、と澪人は続ける。

「霊はどこにでもいてます。そやけど大抵の人はその存在に気付きまへん。それは、ラジオみたいなもんや。ラジオの電源が入っていても、周波数を合わさな聴くことができひん。それが正常な状態や。皆さんは健全な状態ていうことやね。ところ構わずキャッチする僕は、壊れたラジオみたいなもんやね」

と、澪人は肩を下げる。

へぇ、と小松は腕を組んだ。

「そう聞くと、霊感が強い人って大変そうだな……」

「ええ、人には見えへんもの、聞こえへんものをキャッチするのは、わずらわしいものです。この状態で普通に生活できるようになるまで、えらい苦労しましたし」

それは本当に大変だ、と小松は苦笑する。

そやけど、と澪人は眼差しを強くした。

「稀に、ごく普通の人も霊を見ることがあります。それは、その霊とたまたま周波数が合《お》うてしもたり、その霊の想い――今は分かりやすく『電波』に譬えますけど、霊が放つ電波が強すぎる場合、普通の人がキャッチしてしまうことがあります」

「つまり、それが『霊障《れいしょう》』というものでしょうか？」

清貴が問うと、澪人は、そうです、と答える。

「そうなった時に僕らみたいなんが出動します。ここの場合、屋敷全体が強い電波に覆われてます。その強い電波が、普段は力のない低級霊にも力を与えてしもてるさかい、さっきみたいな悪趣味なことが起きてしまうわけや」

それじゃあ、と秋人が確認する。

「さっき俺が見たのは、低級霊の仕業ってことか？」

「そうやね」

「ってことは、普段霊とか見ない僕たちも、ここでは見てしまう可能性が十分にあるってことだよね？」

利休の問いに、澪人は、ええ、と答える。

「けど、どんなに電波の強いところにいても、霊をキャッチする人としいひん人がいてます。それは心の状態に左右されるんや」

心の状態？　と皆が静かに問う。

「『恐怖心』やねん。深夜に幽霊を目撃しやすいのはなんでやと思います？　それは人の心に恐怖心が生まれるからです。『怖い』て気持ちが、霊の電波をキャッチしやすい状態にしてしまうんや。おそらく秋人さんはトイレに向かいながら、『怖い』て思うてませんでした？」

秋人は、ぶんぶん、と首がもげるのではないかと思うほどに、縦に振り下ろした。

「お、思ってた。思ってました」

「そうすると、低級霊の電波が脳に直接アクセスして、悪趣味なものを見せてくる。その際、視覚、嗅覚、聴覚にまで訴えかけてくるさかい、ほんまにタチが悪い」

「そういうことだったんだな。血を見ただけじゃなく、血腥《ちなまぐ》さまで感じたから、俺、マジでどうかしたのかと……」

秋人は心底ホッとしたように、胸に手を当てた。

一方、清貴は興味津々という様子だ。

「なるほど、精神が不安定になると付け込まれるわけですね」

「そうやねん。そやから、高熱を出して寝込んでいたり、心の病気になったりすると、一時的に霊感が強うなることがあります」

あー、と利休が手を打った。

「そういうのは少し分かるかも。僕、子どもの頃は体が弱かったから、高熱を出すと変な夢見てたし」

でもよ、と小松が口を開く。

「心の病気を患っている時に霊を見たりしたら、もっと病んでしまわないか？」

「ええ。当人は『本当に霊を見ているのか、心の病気か』と悩んで苦しみます。周囲の人たちは『病気や』って、一蹴しますし」

そやけど、と澪人は続ける。

「霊によっては集団意識なんかともつながってますんで、その人が知る由もない知恵や情報を与えてくる場合がある。霊から過去の事件の真相や未来に起こることを聞いたりして、それが当たることもある。そうなると、『本物や』『巫女や』って奉られることもあるんやけど、精神が不安定なまま、霊とつながってもええことはあらへん。ますます、あかん状態になるだけや」

へぇ、と皆は相槌をうち、澪人はそっと胸に手を当てた。

「何をするんでも、『心』が最初、健康も心からや。何より心を安定させるのが大事やさかい、不安定さから霊をキャッチするようになった時は、病院でちゃんと適切な治療を受けることを勧めています」

「でもね、相談してきた依頼人に受診を勧めたりしたら、『インチキ陰陽師』とかって言われない？」

利休の問いに、澪人は、どうやろ、と小首を傾げて腕を組む。

「仲間はよう『インチキや』て言われたって落ち込んだはりますけど、僕は言われたことあらへん。逆に『あなたはほんまに生きてる人間ですか』て疑われたことは何度かありましたけど」

ああ、と皆は揃って、納得した表情を見せた。

「いや、ここは、笑ってもらうところや」

「あなたが浮世離れしすぎてて、冗談に聞こえないんですよ」

さくっと突っ込む清貴に、ふふっ、と澪人は笑う。

「清貴さんに言われたないし」

どっちもどっちだ、と小松は苦笑した。

あらためて澪人を前にすると、清貴とは別の意味で普通の人ではない何かを感じる。

そんな澪人を見て、『インチキだ』という言葉は出てこないのかもしれない。

「何はともあれ、澪人くんのおかげで、ちょっとホッとした」

秋人はいつものように、頭の後ろに手を組んで明るい表情を見せている。

「そろそろ調査に入るか」

小松が言うと、ええ、と清貴は答える。

「心してかからなくてはなりませんね」

と、立ち上がった清貴に続き、秋人、利休、小松も腰を上げる。

「ほんなら、よろしゅうお頼み申します」

澪人は、にこり、と目を細めて、頭を下げた。

4

屋敷の調査は、秋人のたっての希望により二手に分かれず、全員一丸となって回ることになった。

「その方が強気でいられるだろ」

そう言った秋人に、小松に異論はない。

清貴は、効率が悪いですね、と少し面倒くさそうにしていたが……。

「まずは、こっち側から行こうぜ」

先ほど屋敷の右側で怖い思いをしたばかりの秋人は、やや強引に清貴の腕を引いて、左側へと向かう。

廊下側に窓があり、部屋が二部屋並んでいる。

「なんだか学校っぽい造り」

「ホテルにもなりそうな家だな……」

窓は、ところどころステンドグラスになっている。

わぁ、と利休は目を輝かせ、

「小川三知《おがわさんち》のステンドグラスだ。あっ、小川三知っていうのは、大正から昭和にかけて活躍したステンドグラス作家なんだよ」

などと話しながら廊下を歩く。

手前側の部屋の扉の前まできて、皆は足を止める。

小松と秋人は、ドアノブに手を掛けたくなくて、思わず後退りした。

「二人とも情けないんだから」

利休は呆れたように、躊躇もせず扉を開ける。

部屋の中心寄りに大きなデスク、壁際にガラス戸のついた本棚が並んでいる。

「書斎のようですね」

清貴は本棚の前に立ち、ガラス戸を開けて本を手に取る。

「本も一度、綺麗に拭かれたようですね」

おや、と清貴は厚紙の箱から本を出した。

古めかしい単行本であり、タイトルも右側から『風立ちぬ』と記されている。

秋人がひょっこりと顔を出し、

「『風立ちぬ』って、もしかしてアニメ映画の原作か？」

たしか、戦争映画だったよな、と続ける。

「そうですね。『風立ちぬ』は、明治生まれで昭和初期に小説家として活動を始めた堀辰雄《ほりたつお》の実体験を基にした作品です。アニメ映画は原作と違っている部分も多くありまして、原作は、戦争をモチーフにしているわけではないんですよね」

そうなんだ？　と秋人が清貴を見る。

「ええ。この作品の舞台は昭和初期の軽井沢。小説家の主人公『私』が、結核に冒されている女性と出会い、婚約します。『私』は愛する人の余命を意識しながら、限りある時間を大切に過ごし、生と死を見詰めていくという、美しい愛の物語なんです。著者の実体験が基になっている、強い想いが込められた作品です。ちなみにタイトルの『風立ちぬ』はポール・ヴァレリーの詩『海辺の墓地』の一節からの引用ですね。それにしても、珍しいものを見ました」

「何が珍しいの？」

と、利休が訊ねる。

「これは、野田書房《のだしょぼう》から刊行された単行本なんです」

「野田書房って、初めて聞くな……」

小松が洩らすと、清貴は本に目を落としたまま答えた。

「今はもうない出版社です。昭和十三年に経営者である野田誠三《せいぞう》が自殺したことで、活動を停止しました」

それについてはコメントしにくく、小松は、そうか、とだけ言う。

「作家・堀辰雄は大変美意識が高い方でした。そんな彼が自著を刊行する際、望んだのが、同じく美しい本を作ることにこだわっていた野田書房から出版することです。装丁にもずいぶん意見を出したとか」

「おまえってなんでも知ってるんだな……」

秋人が感心を通り越して、少し呆れたように言う。

清貴はそんな秋人をスルーして、話を続けた。

「どのくらい珍しいかというと、この単行本は、限定五百冊しか刊行されていないんです」

おっ、と秋人は目を輝かせた。

「お宝本ってことか？」

「そうですね。大変希少なものです。この本だけではなく、この書棚には古く珍しい本が多い……」

清貴は『風立ちぬ』を戻して、他の本を手に取る。

表紙には、『Im westen nichts neues』と黒い太字で書かれていた。

「なんて書いてるんだ？」

「ドイツ語ですね。この作品は日本でも刊行されました。その際についた邦題は、『西部戦線異状なし』です」

あっ、と小松が声を上げる。

「映画になってるよな。すごく古い戦争映画」

「ご存じでしたか？」

「ああ、俺、映画ばっかり観てた頃があって……」

戦争を美化することなく、無慈悲さを余すところなく描いた作品だ。観終わった後、戦争はやはり絶対に良くないと強く思わせる、反戦映画の名作といえるだろう。

清貴はスマホを操作して、ぽつりとつぶやく。

「一九二九年一月に出版……」

難しそうな顔をしている清貴を見て、利休が訊ねた。

「清兄、どうかした？」

いいえ、と清貴は腕を解き、

「次の部屋を確認しましょうか」

と書斎を出ていく。

小松と秋人は、部屋に取り残されたくない、と競うように清貴の後に続いた。

左奥の部屋は、ベッドとデスクがある客間だった。

突き当たりには、バス、トイレ、洗面所。

確認すると、右側と同じだ。

あらためて見ると、このバスルームのスペースは、屋敷の大きさと比べてそう広くはない。至って普通といったところだろうか。

特に異常はないため、二階へと続く階段を上がる。

「そういえば、右の奥にも二階へと続く階段があったな……」

「ホールに戻らなくても、ぐるっと回れるのはいいね」

そんな話をしながら、進んでいく。

利休が率先して先頭を行き、清貴、秋人、小松の順に続いた。

踊り場に鏡があり、秋人は驚いたのか、肩をビクッとさせる。

小松もつられて体を強張らせた。

「どうします？　僕たち以外の誰かが映っていたら……」

そう言って清貴は振り返り、にっ、と笑った。

「ホームズ、おまえ、悪趣味すぎだぞ！　この状況でそんなこと言うか？」

「ほんとだぞ、あんちゃん！」

ムキになる秋人と小松を前に、清貴は愉しげに笑う。

「失礼しました。でも、怖い気持ちは吹き飛んだでしょう？」

「あ……」

その通りだった。

微かに生まれた恐怖は、今のやりとりでなくなっている。

「すべての感情の中で一番強いのは『怒り』です。恐怖を感じた時は、うんと怒ると良いでしょう」

清貴はさらりと言って、階段を上っていく。

まったく敵わない。

小松と秋人は目配せをしてから、その後に続いた。

二階もホールの吹き抜けを挟んで、左右に二部屋ずつ分かれている。

端の部屋の扉を開けると、足踏み式のレトロなオルガンが置いてあった。

おー、と小松は声を上げる。

「オルガンか。なんだか、懐かしいな」

「あー、学校の音楽室で見たことある」

「でも、これはすごくアンティークなオルガンだね」

小松、秋人、利休がわらわらとオルガンに近付く。

その一歩後ろで、清貴は腕を組んでいた。

「ヤマハの足踏み式オルガン第十九号……」

「やっぱり、古いものなのか？」

小松が問うと、ええ、と清貴はうなずく。

「興味深いですね」

と洩らして、清貴は部屋を出る。

隣の部屋は、布団のないベッドに机、チェストが置いてあった。

目の大きな布人形が棚に並んでいたる。

「子ども部屋みたいだな……」

小松がそう洩らすと、清貴が同意した。

「ええ、かつて真里さんが使っていた部屋でしょうね」

「しかし、この人形、レトロだなぁ」

と、秋人が人形に顔を近付ける。

「それは、『文化人形』ですね。それも一度綺麗にされたようです」

「文化人形？」

「大正から昭和初期にかけて作られた人形のことです。布製で洋装なのが特徴ですね」

へぇ、と秋人は顔を上げる。

「古いし手作りっぽいし、真里さんのばあちゃんが作ったのかもなぁ」

皆は子ども部屋を出て、一階のホールの吹き抜け横の渡り廊下を歩く。

渡り廊下からは、ホールを見下ろすことができた。

澪人は一人掛けソファに座り、真里は少し離れた置き時計の方にいた。

「あっ、澪人くーん」

渡り廊下を歩きながら、秋人がホールに向かって手を振る。

ソファに座っていた澪人は顔を上げて、微笑んで手を振り返した。

「澪人くん、マジでイケメンだな。ホームズと組んで『THE・京男子』って感じでデビューしたらいいんじゃね？」

その名前なんとかならない？　と利休が顔をしかめる。

その横で清貴が、小さく息をついた。

「おそらく、澪人くんも同じことを言うと思いますが、遠慮します」

「勿体ねぇよなぁ。スターになれると思うのに。利休もそう思うだろ？」

「僕はその勿体なさも含めて、清兄のカッコイイところだと思ってるから」

「あ、そう」

そんなやりとりをしていると、清貴が足を止めて、ホールを見下ろした。

「どうした、あんちゃん？」

「なるほど、澪人くんはスターの中にいますね」

はッ？　と秋人が声を裏返す。

「ホールに盛り塩をしてたでしょう？」

「ああ」

白い小皿に塩が盛られていたのだ。

「ここから見ると、全部で六枚あるのが分かりました」

うん？　と小松も身を乗り出した。

キッチンの側や置き時計の上など、あちこちに盛り塩をした小皿が置いてある。

数えると、たしかに六枚あった。

本当だ、と小松は洩らす。

「でっ、スターってなんだよ？」

「六枚なので、ヘキサグラム、つまり六芒星の結界かと」

清貴は小さく笑って、渡り廊下を歩く。

「ダビデの星ってことか」

小松は納得しながら、六枚の小皿を人差し指でなぞる。

気が付くと、皆は右側手前の部屋へと入っていたため、慌てて後を追った。

そこは、どうやら夫婦の寝室だったようだ。

次の右側奥の部屋は、レトロな蓄音機に、レコードなどが並ぶ視聴室だった。

ルイ・アームストロング、服部良一などのジャズ、あとはクラシックなどのレコードが揃っていた。

秋人は、へぇ、と物珍しそうに言う。

「やっぱマニアなんだなぁ」

ふむ、と清貴が腕を組んだ。

「左右の両端が『音楽室』で、中央が寝室……」

「本当に左右対称にこだわってるんだなぁ」

二階の調査はこれで終わり、一階へと下りた。

先ほど、秋人が大騒ぎしたバスタブとトイレをあらためてチェックしたあと、右奥の部屋の扉を開ける。

そこは、左奥の部屋と同様、ベッドとデスクがある客間だった。

皆が、最後の部屋へと入っていく。

左側は、書斎だった部屋だ。

右側はどうなっているんだろう？

小松も部屋に入ろうとした時、

「あの……」

と背後から女性の声がし、小松は体をビクッとさせた。

自分はたった今、廊下を歩いていた。背後には誰もいなかったのだ。

恐る恐る振り返ると、和服の上品そうな女性が立っていた。

「っ！」

思わず声を上げそうになったが、なんとか堪える。

真里の知り合いだろうか。

年齢は三十代半ばくらいで、長い髪を後ろで一つに纏めている。

顔立ちが整った、美しい女性だ。

はっきり言って小松の好みであり、思わず背筋を伸ばす。

「なんですか？」

小松が落ち着いた口調で訊ねると、女性は目を伏せたままぽつりと洩らす。

「子どもを……」

「はい？」

「……子どもを捜しているんです。見ませんでしたか？」

そう訊ねる彼女に、小松は、えっ、と目を瞬かせる。

「この洋館に子どもが入り込んでいるんですか？」

小松が前のめりになると、女性は黙り込んだ。

次の瞬間、ふっ、とその姿が消えて、見えなくなる。

「え……」

――幽霊だったのだ。

だが、意外と恐怖は感じず、不思議なことを体験したという高揚感が沸き上がってくる。

あんちゃん！　と、小松は皆がいる部屋に飛び込んだ。

「女の人が子どもを捜してた！」

そう叫ぶと、皆は驚いたように、こちらを見る。

「えっ、この屋敷に子どもが侵入してるの？」

と、利休が小首を傾げる。

そうじゃなくて、と小松は拳を握る。

「三十代半ばくらいの長い髪の女の人が現われてよ、『子どもを捜しているんです』って言ってたんだ。そして消えたんだ。あれは幽霊だ。ついに俺も見たんだよ」

澪人は視覚で捉えているわけではないと言っていたが、見えた感覚しかない。

「マジか！」

大袈裟に反応する秋人につられて、小松も、マジなんだ！　とオーバーアクションしてしまう。

じゃあ、と利休は腕を組む。

「この屋敷で目撃された幽霊――澪人さんの言うところの『強い電波の主』は、小松さんの見たその人？」

「そうかもしれない。普通の人みたいにはっきりしてたから」

小松は鼻息も荒く、清貴がいる部屋の奥へと足を踏み入れる。

そこで、はじめて最後の部屋の様子が目に入った。

左側は書斎だった。

その対となるこの部屋もデスクがあり、本棚が並んでいる。

左側の書斎の部屋と違うのは、本棚の中にあるのが『グリム童話』、『不思議の国のアリス』『少年倶楽部』という雑誌、『シャーロック・ホームズ』、といった子ども用の本や図鑑ばかりということだ。

「あっ、ここは、子どもの勉強部屋か……」

そのためか、左側の書斎に比べて部屋も小さかった。

清貴は、確認するように小松に訊ねる。

「子どもを捜している女性の霊ですが、顔立ちが整った方ではありませんでしたか？」

「あ、ああ！　どうして分かるんだ？」

「簡単な話です。左右対称の顔をした女性の話を覚えているでしょう？」

清貴の言葉に、えっ、と皆は目を丸くする。

「左右対称の顔の人って、たしか真里さんのお母さんのことだよね……」

「ああ、そうだったよな」

「それじゃあ、あの幽霊は真里さんのお母さんだったのか？」

利休、秋人、小松が口々に訊ねる。

清貴は口角を上げているだけで、何も言わない。

「でも、それじゃあ、真里さんのお母さんは亡くなっているってことだよな」

だとしたら、なぜ、この屋敷を彷徨っているのか？

ふと、小松の頭に恐ろしい考えが浮かんだ。

あまりの残酷さに身震いを感じたが、過った思いを拭えそうにない。

「あんちゃん、俺、思ったんだ」

清貴は何も言わず、小松に視線を合わせる。

「ジョンは、この屋敷で真里さんのお母さん――自分の妻を殺したんじゃないか？」

小松の突拍子もない言葉に、秋人と利休は、はっ？　と顔をしかめたが、清貴だけは冷静な表情で訊き返す。

「どうしてそう思われました？」

「まず、真里さんのお母さんは、夫を恐れていたって言ってただろ？」

この屋敷で何か良からぬことをしているのでは、と言っていたという話だ。

「ここは山の中だろ。この屋敷で何か悪いことをしていても、ちょっとやそっとじゃ気付かれない」

人を集めての薬物使用、違法ギャンブルも可能だ。自分たちだけで良からぬことに手を染めるだけに留まらず、人を傷つけていたら？

殺戮などを趣味にしていたら？

夜な夜な子どもをさらってきて、解体していたら？　妻はそんな夫を恐れていた。夫は、自分の悪事に気付いた妻を殺害し、国外へ逃亡した——。

「澪人くんは、ジョン・スミスの本名を明かせないと言っていた。それは、そもそも問題のある人間だったからなんじゃないか？」

そんな考えを伝えると、秋人の顔面は蒼白となり、利休は難しそうに眉根を寄せ、清貴は、なるほど、と顎に手を当てる。

「たしかに、ここは悲鳴すら気付かれない山の中。何が行われていても、不思議ではないですね」

「だろ！」

「とはいえ、ここで殺戮を楽しんでいたとは考えにくいです」

薬物使用や違法ギャンブルは分かりませんが、と清貴が言う。

「どうしてだよ？」

「この屋敷を見る限り、ジョンさんは美意識が高い完璧主義者です。そんな彼がもし快楽殺人者だったなら、もっと違う家にすると思うんです」

えっ、と小松と秋人が目を瞬かせる。

「まず、この床。石畳になっていて、溝がたくさんあります」

ああ、と小松は足元を見た。

そこは、まるで海外の遊歩道のような床となっている。

「人を切り刻んで血が飛び散った場合、掃除が手間です。僕が殺人犯なら、もう少し血を拭いやすい床にしますね」

たしかに、ここに血が染みついたら、掃除に骨が折れそうだ。

「そして、バスルームの洗い場を大きくすると思うんです。あのバスルームの大きさは至って普通。この大きな屋敷にしては、小さく感じたくらいですから」

そうだった、と小松は相槌をうつ。

「もしくは庭に人体を解体するための専用小屋などを設け、傍らに大きな焼却炉も作るでしょう。そうしたものはありませんし」

「なんか、俺はおまえが怖ぇよ」

と、秋人が顔を引きつらせる。とりあえずよ、と小松は頭を掻く。

「真相はどうあれ、真里さんのお母さんは亡くなっているんだ。それにジョンが関わっているか否かは知る必要があるよな」

だよね、と利休が答える。

「母親が他界した時期で分かるよね。ジョンが日本にいる時か、帰国後かで」

そうですね、と清貴はうなずいた。

「その答え合わせは、すぐできます。澪人くんに訊いてみましょう」

清貴はそのまま子どもの勉強部屋を出て、ホールへと向かった。

ソファに座っていた澪人が顔を上げる。

「お疲れ様でした。真相は分かりましたか?」

そう問うた澪人に、清貴は、どうでしょう? と微笑みながら小首を傾げる。

「真相に触れる前に、ずばりお伺いしたいのですが、ジョンさんが真里さんのお母様を殺めたのではないですか? それで、国外に逃亡した可能性は……?」

いいえ、と澪人は首を横に振る。

「その可能性はありまへん。ジョンさんが帰国後も、真里さん母娘は元気にしたはりました」

予想が外れてがっかりしたのか、安堵したのか分からない。

小松は力が抜けたように、肩を下げる。

だが、『したはりました』とは過去形だ。

清貴はすべてを察したように、そうですか、と洩らし、

「僕なりに、ひとつの結論に達しました」

そう言って、真里の方を向いた。

「──真里さん」

清貴が呼びかけると、ホールの隅で使用人のように立ち尽くしていた真里がおずおずと歩み寄る。

「分かりましたよ」

真里が戸惑ったように、視線を合わせた。

「この屋敷の秘密、そしてあなたのお父様の宝──」

〝あなたのお母さんの想いでした〟

とでも言うのだろうか？

小松は息を呑んで、清貴を見る。

だが、清貴の口から出た言葉は、予想と違っていた。

「それは真里さん、あなたご自身です」

真里は大きく目を見開き、皆は立ち尽くした。

「いや、ホームズ？　今なんつった？」

「うん、清兄、どういう意味？」

「ほんとだよ、あんちゃん」

秋人と利休と小松は動揺して、清貴に詰め寄る。

真里は呆然として、胸に手を当てた。

「──私が、屋敷の秘密で、父の宝？」

はい、と清貴は答える。

「真里さんも薄々気付いていたでしょう？　ご自分が亡き者であることを──」

清貴の言葉に、真里は大きく目を見開いた。

その瞬間、まるで、テレビの画像が乱れたように、真里の姿が霞んだ。

小松と秋人は絶句し、シン、とした静けさが襲う。

利休は目をこすって、清貴の服の裾をつかんだ。

「えっ、清兄、本当に何を言っているの？」

さすがの利休も動揺したようだ。やれやれ、と清貴は肩をすくめる。

「それは僕の台詞ですよ。利休なら、この屋敷がいつ頃にリノベーションされたのか、見当がつくのではないですか？」

「いつ頃って……」

利休はぐるりとホールを見回したあと、壁を見てハッとした様子を見せた。

その後に、あー、と自分を恥じるように手で顔を覆う。

「ここが明治時代の洋館をリノベーションしてるってことから、『レトロで当然』と思い込んでいて、つい見落としてた。小川三知のステンドグラスも外壁のスクラッチタイルも昭和初期に流行したものなんだ。明治時代に建てられたこの洋館が、今の家になったのは、近年じゃなく、昭和初期ってことなんだ」

小松と秋人は、ええっ、とのけ反り、清貴は「そうです」と同意する。

「この屋敷は、長い間放置されていたという話でしたが、その『長い間』は、十年や二十年じゃない。昭和初期から放置されていたということです」

でもよ、と秋人が屋敷を見回した。

「この家、そんなに経ってるように見えないけどな」

小松も、同感だ、と続ける。

「昭和初期からってなると、もっと朽ちててもおかしくないだろ？」

そのつぶやきには、利休が答えた。

「その疑問は分かるよ。でも、この屋敷は、鉄筋コンクリートや石で作られているから頑丈なんだ。よく海外の住宅は百年持つって言うでしょう」

それと同じなんだよね、と利休が言う。続いて清貴が補足した。

「あとは、徹底的に掃除したのも大きな要因かと。人形や本に至るまで、一度綺麗に拭ったようでしたし」

秋人は、へぇ、と洩らしたあと、あっ、と口に手を当てる。

「でも、そうか。その頃の家だから、トイレがぼっとんなのか。そうだよな。近年にリノベーションしてたら、トイレは水洗にするよな」

たしかに、と小松は同感したあと、ハッとした。

「こんなに裕福な家なのに、ピアノじゃなくてオルガンなのも、それでか」

昭和初期と考えたら自然なのだ。

そうです、と清貴はうなずく。

「オルガンは、明治から昭和初期にかけて京都の学校などで使用されていたもの。書斎には昭和初期の本ばかり。文化人形も同じ頃に流行ったものでした。この屋敷は、昭和初期にリノベーションされたものです」

そもそも、と清貴は続ける。

「真里さん、あなたには、影がありません」

窓から西日が射し込んでいた。皆、それぞれに長い影を落としているが、真里には影がなかった。

ああっ、と小松は急に思い出して、清貴の腕をつかんだ。

「あんちゃん、それ、最初から言ってたよな」

清貴はあっさり、はい、と答えた。

「真里さんにはどう見ても影がない。ジョンさんの親戚が見た幽霊というのは、真里さんのことなんだろう。澪人くんの術か何かで、僕たちにも見えるようにしているのだな──と思っていましたが、澪人くんがそのことについて何も言ってこない以上、皆さんを怖がらせるのは本意ではないので黙っていました」

「何が本意じゃないだよ。どの口が言うんだ」

と、秋人が顔を引きつらせている。

まったくもって同感だ。

「ホールを俯瞰した時、六芒星の結界が張られているのが分かりました。あれに何か秘密があるんですよね？」

と、清貴は、澪人を見た。そうやね、と澪人はうなずく。

「真里さんを六芒星の結界に封じ込めることで、彼女が持つエネルギーを凝縮させました。そやけど、皆さんにも見えるようになったのは、僕も少し驚きました」

「それじゃあ、僕たちにも意図的に見えるようにしたわけじゃないんだ？」

と、利休が前のめりになる。

「ええ、真里さんの持つエネルギーは、年月を重ねることで大きなっていきました。強いけど不安定やったさかい、時に低級霊と結びついて面倒なことにもなってたんや。清掃業者が来た時なんて、真里さんがパニックになってしもて威嚇して大暴れや」

うわぁ、と小松と秋人は顔をしかめる。

「ほんでも、なんとか彼女の力を抑えることができました。強い電波の主を封じることで、この屋敷にいる低級霊たちも、大したことはできひんようになるし」

清貴は納得した様子で相槌をうつ。

「それで真里さんは、ここから出られずに、うろうろしていたわけですね」

「そうなんです。彼女は、拝み屋である僕の側にいるのを嫌がって、なるべく離れるようにしたはりました」

清貴は、そっと真里の方を向く。

「真里さん、お母様が既に亡くなっていたのはご存じでしたね？　お父様の話をする際、『父も亡くなっていたそうですし』と仰っていた」

清貴の問いかけに、真里は黙ってうなずいた。

「亡くなったお母様があなたを捜して彷徨っていたのも知っていましたよね？　それなのに、捜しに出てきたのを感じると姿を隠していた……」

真里は再び、首を縦に振る。

「それは、どうしてでしょう？」

「……母が、私のことを捨てたからです」

うん？　と秋人は眉根を寄せた。

「君を捨てたのは、お父さんじゃ……」

「はい。父は私と母を置いて母国へ帰ってしまいました。その後、母は私をこの家に幽閉したんです。私のこの姿を人には見せたくないと言って……」

真里は、胸の前で手を握り締める。

「それでも母は、町中に住んで生活をしながら、ここに食料を届けてくれていました。何年もそうした生活を続けていたのに、急に来なくなって……」

そうですか、と清貴は、目を伏せる。

「――そうして、あなたも亡くなられてしまったと」

「私はよく覚えていないんです。私は父と母に捨てられて、ここで……」

――死んでしまったのですか?

真里はみなまで言わず、体を小刻みに震わせながら、さらに俯いた。

「捨てられてませんよ」

と、清貴がはっきりと告げた。

「でも……」

真里は目に涙を浮かべながら、顔を上げる。

「あなたが、どこまで知っているのか分かりません。分からないまま、この山の中に匿われたのかもしれないですね」

そう言う清貴に、「匿われたって?」と秋人が首を傾げた。

「真里さん、あなたのお父様がお母様と別れた理由は、おそらく第二次世界大戦――日本とアメリカが戦争を始めたためです。そのことはご存じですか?」

真里は瞳を揺らしただけで、何も言わない。

「お父様は日本にいられなくなり、母国へと帰国しました。戦争が始まってしまうと、国内は異常な状態になります。お父様の血を色濃く残すあなたの外見を良く思わない方が多かったのは、想像に難くない。お母様はあなたを世間から護るために、あなたをここに匿ったんです」

そういえば、真里は最初、自分の髪を『鬼みたいなけったいな色』と言っていた。

もしかしたら、『鬼の子』と迫害されていたのかもしれない。

ですが、と清貴は痛ましそうに、目を細める。

「お母様はおそらく、戦争で亡くなられてしまったのでしょう」

うん？　と小松は顔をしかめる。

「戦争って言っても、京都だけは、爆撃されなかったんだろ？」

いいえ、と清貴は強い口調で、首を横に振り、

「多くの方が勘違いをしていますが、この京都でも空襲がありました」

と言って、京都空襲の説明を始めた。

京都空襲は一九四五年（昭和二十年）の一月十六日から六月二十六日にかけて五度にわたって行われたという。

馬町《うままち》空襲（東山区馬町）、春日町《かすがまち》空襲（右京区）、太秦《うずきさ》空襲（右京区）、京都御所《ごしょ》空襲（上京区）、西陣《にしじん》空襲（上京区出水町）。

報道管制が敷かれたため、被害の詳細は判明していないようだが、多くの人が亡くなっ

ているそうだ。

「先ほどここに現れたお母様は、三十代半ば。まだお若い姿だったとのことです。お住まいが御所近くだったという話ですから、御所での空襲で亡くなられてしまった可能性がある。そのため、ここへは来られなくなった……」

真里は話を聞きながら、下唇を噛む。

「それじゃあ、どうして母は父を『恐ろしい』って……？」

「これは僕の勝手な憶測ですが、あなたのお父様が戦争に反対していたからではないでしょうか。当時は反対する気持ちがあっても、反戦を声高に謳うなど許されない時代でした」

「ちなみに、その『勝手な憶測』の根拠はなんだよ？」

と、秋人が問う。

「先ほども言いましたが、真里さんのお父様はとても美意識の高いお方です。作ったものを暴力的に壊していく戦争に美学を感じるとは、到底思えません。僕が確信に近くそう思うのは、彼の本棚を見たからです。『西部戦線異状なし』は戦争のむごさを伝える反戦の物語です。そして、『風立ちぬ』――」

おっ、と秋人が言う。

「愛の物語なんだよな？」

「そうです。そして、あの作品に込められた想いは、『生きねばならぬ』です。愛する人が亡くなっても、どんなことがあろうとも」

胸に迫るものがあり、皆は言葉を飲み込んだ。

とはいえ、と清貴は続ける。

「日本、特に京都で生まれ育った真里さんのお母様としては、周りに合わせようとせず、自分の思想を語る夫に恐ろしさを感じたのでしょう。この屋敷で反戦の会合も開いていたかもしれません。結局お父様はこの国にいられなくなり、母国へと撤退したようですが――」

真里の複雑な想いが反映されるように、再び置き時計が音を立てた。

「そして真里さん、あなたのお父様は、あなただけにこの屋敷の秘密を伝えていったのではないでしょうか？　それは、あなたのお母様も知らない、秘密の隠し部屋……何か身に危険が及びそうな時は、そこに隠れるよう伝えたのでは？」

どうして……、と真里は声を震わせる。

「お母様が亡霊になってもあなたを捜し続けているのは、あなたの遺体が見付かっていないからなのでしょう。お父様の言いつけを守り、あなたは今まで誰にも伝えていなかった」

真里は苦々しい表情で目を伏せる。

「あなたのお父様は京都にも空襲があったこと、その際に元妻が亡くなり、そして、あなたが行方不明であるという情報を得た可能性があります。娘も戦争で亡くしたと思い込んでいた。しかしふと思ったのではないでしょうか。『もしかして、娘は自分が教えた隠し部屋にいるのでは』と……」

それで、あの日記を残した。

「つまり、ジョンが言っていた『宝』は、娘――真里さんのことか」

すべてがつながったことに、小松は鳥肌が立った。

清貴は、置き時計を振り返る。

「この置き時計は、まるでグリム童話の『狼と七匹の子ヤギ』を彷彿とさせますね。時々鳴る音は、今も見付けてもらっていない子ヤギの心の叫びのようです……」

ごくり、と秋人が喉を鳴らした。

「ってことは、真里さんは……」

「置き時計の中ってことか？」

秋人と小松は、恐る恐る置き時計に目を向ける。

だが、そこに遺体があったらと思うと、どうしても動けない。

「まったく、情けないなぁ」

と、利休が、躊躇もせずに置き時計の扉を開けた。

しかし、そこには何もなかった。

「ない……」

と、利休は拍子抜けしたように言う。

「惜しいですね」

「惜しい？」

「何もかも左右対称のこの家で、なぜこの置き時計が右の壁際にあるのか、僕は少し不思議でした。ジョンさんならば似通ったものを左右に置くか、もしくは中央に設置しそうなものです」

たしかにそうだ。

「そして、この置き時計以外にもうひとつ、左右対称ではなかった部分があったのを覚えていますか？」

清貴は口の前に人差し指を立てて、謎かけのように訊ねる。

「左右対称じゃなかった部分？」

とはいえ、どこも少しずつ違っていた。

音楽室は、オルガンのある部屋とレコードのある部屋、寝室は、子ども用と夫婦用、そして、大人の仕事用の書斎と子どもの勉強部屋——。

　あっ、と利休が声を上げた。

「子どもの勉強部屋だね。左の部屋よりも少し小さかった」

　そうです、と清貴はうなずく。

「置き時計が置かれている壁の向こうが、子どもの勉強部屋です。その部屋は左側の書斎に比べて小さかった。壁と壁の間にスペースがあるのでしょう」

　清貴は、開けっ放しになっている置き時計の扉の中に手を入れる。

　奥の壁などを探り、やがて何かを見つけたように手を止めた。

　少し力を込めて横の壁をスライドさせると、地下へと続く階段が見えた。

　おそらく下に、防空壕の代わりになるような部屋があるのだろう。

　おおっ、と歓声を上げたのも束の間、階段に白骨死体があるのが見えて、皆は口を閉ざす。

　どうやら、階段に腰掛けた状態で、そのまま絶命してしまったようだ。

　清貴は振り返って、真里を見た。

「見つけましたよ、真里さん。長い間、ここで一人で寂しかったですね」

「……はい」

真里は胸の前で、両拳をギュッと握り、

——ありがとうございます、と、か細い声で涙を流す。

「さすがやね、清貴さん」

これまで一歩離れたところで様子を見ていた澪人が、こちらに歩み寄ってきた。

「澪人くんも人が悪いですね。母親の死の真相や真里さんの遺体の場所など、あなたにも解明できたことでは？」

いえいえ、と澪人は首を横に振る。

「僕は除霊くらいしか、能があらへんさかい」

「また、そんなことを」

「ほんまやねん。真里さんは最初、水干姿の僕を見て、すっかり怯えはって、それから心を開いてくれなくなってしもて」

「あ、それで、今日は普通のスタイルだったんだ」

と、利休が言う。

自分が亡霊であることを薄々感じていた真里にとって、陰陽師の来訪は恐怖だったのだろう。

小松は、そういうことだったんだ、と大きく首を縦に振った。

澪人は、真里の方を向いた。
「真里さん、すっきりしましたやろか」
はい、と真里は目に涙を浮かべながら、はにかんだ。
真里が、知りたかったこと。
それは、両親が本当に自分を捨てたのかということと、自分の遺体の場所だったのだ。
何も知らないまま、見付けられもせずに祓われたくなかったのだろう。
その気持ちは、小松にも理解できる気がした。
澪人は盛り塩をした白い小皿をテーブルの上に置き、六芒星の結界を解いた。
そして、真里の背中に手を当てる。
「真里さん、迎えに来たはりますよ」
右側の通路に、三十代半ばの女性がぼんやりと姿を現す。
先ほどは陰鬱な雰囲気だったが、今は柔らかな笑みを浮かべていた。
真里は頬に伝う涙を拭いながら、母の許へと向かう。
澪人は手を組み合わせて、ぶつぶつと祝詞を唱え始める。
母の許へ近付くにつれて、真里の姿はどんどん半透明へと変わっていった。
久々に再会した母と娘は、はにかんで、手を取り合う。

二人はこちらを見て、ありがとう、と微笑んで会釈をした。

次の瞬間、まるで橙色の西日に溶けるように、二人の姿は光の中へと消えていった。

5

祝詞を唱え終えた澪人は、ふぅ、と息をついた。

屋敷にシンとした静寂が訪れる。

さて、と清貴は腕を組み、澪人に視線を送った。

「あらためて、説明していただいても良いでしょうか？」

澪人は、かんにん、と苦笑する。

「ことのはじまりは、ジョンさんの日記を孫が発見したことやねん」

孫？　と皆は訊き返す。

「ええ、真里さんの手前、黙ってましたけど、親戚ていうのはジョンさんのお孫さんやったんや」

真里さんにとっては甥っ子やね、と言って澪人は話を続ける。

「京都の山奥に放置していた家に祖父の遺した宝があると知って、お孫さんはきっと金塊があるて意気揚々とこの屋敷にやってきたんやけど、家ん中はカビだらけで真っ黒。呼吸すら難しい状態やった。ほんで、清掃業者を頼んだそうや」

「で、その業者が幽霊を見たんだね」

と、利休が言う。

「そうやねん。そういうのんは信じひんお孫さんが、『そんなことあるか』って、自ら乗り込んで、亡霊の真里さんと対面して、卒倒しそうになったそうや。そこで、『どんなに金がかかってもいい、あの屋敷の除霊をしてくれ』って言わはりまして。結果、うち、賀茂家にその依頼が来ました」

ほんで、僕が乗り込みました、と澪人は話を続ける。

「真里さんは、行方不明になったという話やったんです。おそらく空襲で亡くなったんやろうと。そやけど、彼女の魂はここにいてる。その念はえろう強い」

ふむ、と清貴は腕を組む。

「彼女の遺体は、この家にあるに違いないと思ったわけですね」

そうです、と澪人は答える。

「僕も彼女の遺体がどこにあるのか探ろうとしたんやけど、屋敷中、どこもかしこも念が強うて分からへん。真里さんに問い質したんやけど、彼女は陰陽師姿の僕を見て、パニックになってしもて大変やったんや」

本能でこのまま祓われると感じたんやろな、と洩らして、澪人は話を続けた。

「で、落ち着かせて訊いてみても、彼女自身、長い年月のせいで自分がどこで死んでしもたのか記憶も曖昧やった。何より、そもそも僕を警戒してしもて、心を開いてくれへん。ふと、彼女の本棚に探偵小説があったのを見て、『あなたの問題を解決してくれる探偵を呼びます』って約束してしもて」

「それで、俺たちを……」

そういうことか、と小松は大きく首を縦に振る。

「大勢で来てくださいて言うたんは、彼女はずっと寂しい思いをしてきたさかい、皆さんが来てくれたら、賑やかで楽しくなってくれるかなて。一時でも自分が亡き者なんを忘れて、みんなでわいわいしてくれたらて思うたんや」

「ああ、そういうことでしたか」

「たしかに、わいわい賑やかだったよね」

と、清貴と利休は納得していたが、小松と秋人は「賑やかで楽しくなるって……」と額に手を当てた。

「ほんなら、最後に家の中を清めて、ここを出ようと思います」

その後、まず香をたき、皆で手分けをして家中に粗塩を撒き、澪人が祝詞を唱えているなか、箒で掃くという作業にはいった。

すべてが終わったのは、夕方五時を少し過ぎた頃。

屋敷の外に出ると、敷地内で三十代半ばの男性が不安げにこちらを窺っていた。

澪人が視線を合わせるなり、彼はぺこりと頭を下げた。

「あの人が、お孫さんの亘さんや」

えっ、と秋人が意外そうな声を上げる。

「日本人だったんだ」

「国籍はアメリカ人です。ジョンさんは、帰国後、日本人女性と再婚したて話や。そしてジョンさんの息子さんも日本人と結婚したそうや。ちなみに真里さんも亘さんもジョンさんがつけた名前なんや。左右対称で美しい文字やって」

『真里』に『亘』。たしかに左右対称だ。

おそらく、再婚相手の顔も左右対称だったのだろう。

ちなみに、と清貴が腕を組み、澪人を見た。

「今、この屋敷の所有者は、どなたなんでしょうか？」

「亘さんのお父さんやて。そやけど、管理は亘さんがするそうや」

へぇ、と清貴は相槌をうつ。

亘は、おずおずと歩み寄ってきて、上目遣いに澪人を見る。

「……あの、除霊はどうなりました？」

「もう大丈夫です。成仏しはりました。もう、霊障は起こらへんやろ」

そう伝えると亘は、はあああ、と胸に手を当てた。

「本当に良かった。もう、あんな怖い思いはごめんです。これで屋敷に入れる……」

そう言いながらも、彼の手は小刻みに震えていた。

余程、この屋敷で恐ろしい思いをしたのだろう。

自分たちがあの程度で済んだのは、澪人が結界を張って、コントロールしてくれていたからに他ならない。

そやけど、と澪人が真面目な表情を見せる。

「亘さん、警察に連絡せなあきまへん」

警察？　と亘は、目を丸くする。

「どうしてですか？」

「白骨死体が発見されました」

はっ？　と亘は呆然と立ち尽くす。

そんな彼に向かって、清貴が微笑んで言った。

「あなたの伯母の真里さんのものでしょう」

「いやぁ、良かったっすね、発見されて」

「ちゃんと埋葬してあげてくださいね」

秋人と利休がにこやかにそう続ける。

亘はというと、

「白骨死体……」

と静かにつぶやいて、真っ青な顔でぺたりとその場に座り込んだ。

無理もないな、と小松は肩をすくめる。

それは今までにない奇妙な事件を解決した、晴れ晴れしい黄昏時だった。

6

「本当に、お化け屋敷だったんですね……」

落ち着いた店内に、私の気の抜けた声が静かに響く。

骨董品店『蔵』に澪人さんがふらりと訪れたのは、今から少し前のこと。

カウンター前の椅子に軽く腰を掛けて、ホームズさんの淹れたコーヒーを口に運んでいる。

ホームズさんと澪人さんはカウンターを挟んで談笑し、ごく自然の流れで今回の奇妙な依頼の話になった。そして私にも、山の中で起こった出来事の数々を（話せる範囲で）教えてくれたのだ。

その間、私は夢中になって話を聞き、一方カウンターの端にいた店長は、ただひたすらに手を動かして、ノートに何かを書き込んでいた。

「やっぱり私、行かなくて良かったです」

誘われていたのを思い出して、私は思わず身を縮める。

「いえいえ、澪人くんの計らいもあって、まったく怖くなかったですよ」

「ほんまに、今回は怖いことあらへんかったし」

「えぇ……？」

今の話を聞いた感じでは、そうは思えない。

澪人さんは、あらためて、とホームズさんを見て、頭を下げた。

「このたびは、おおきにありがとうございました」

こちらこそ、とホームズさんは会釈を返す。

「貴重な経験をさせていただいて感謝していますよ。何より、思った以上に報酬をいただいて。小松さんはもちろん、秋人さんや利休も喜んでいました」

すると澪人さんはいたずらっぽく笑う。

「あれは、亘さんからやねん。ほんまに霊の気配がのうなったって喜んだはりました。まぁ、彼は大富豪一族の人間やし、お気遣いは無用やな」

へぇ、と私は息を洩らす。

お化け屋敷の持ち主、ジョン・スミス氏（仮名）の一族は想像を遥かに上回るお金持ちのようだ。

だからこそ、かつて京都の山に建てた大きな別荘を放置できたのだろう。

そんなことを思っていると、澪人さんはカップに半分以上残っていたコーヒーをすべて飲み干して、腰を上げた。

「ほんなら、僕はそろそろ」

「えっ、もう？」

そう言ったのは、私でもホームズさんでもなく、これまで無心になってノートに何かを書き込んでいた店長だった。

どうやら無心ではなく、熱心に話を聞いていたようだ。

店長はすぐに、すみません、と身を縮める。

「これから、用事があるさかい」

と澪人さんは微笑む。

今日の彼は、和装ではなく、ジャケットにジーンズと普通の出で立ちだ。シンプルながらもお洒落な腕時計もつけていて、こうして見るとモデルのようだ。

「小春さんにどうぞよろしくお伝えくださいね」

にこりと笑って言ったホームズさんを前に、澪人さんの頬がほんのり赤くなる。

「……なんで、僕がこれから彼女に会うて分かったんやろ？」

「澪人さんが、洋服だからですか？」

と、私もホームズさんを見て訊ねた。

「いえ、そうではなく、腕時計を見て」

これが？　と澪人さんは自分の腕時計に目を落とした。

「なんの飾り気もない腕時計なんやけど」

「デザインの話ではないんですよ。僕の知る限り、あなたは腕時計をつけるような人ではない。そしてここに来た時も椅子に深く腰を下ろすのではなく、腰を掛ける程度だった。そもそも長居するつもりがないのが伝わってきました。それはこれから人に会う約束をしている。約束の時間まで、まだ少しあるからと立ち寄ってくれたのだろうと。約束の相手は、普段時計をつけないあなたに腕時計をつけさせるほど、絶対に待たせたくない人――となれば、小春さんしかいないでしょう？　彼女は今、京都を離れていると聞いたので、きっと会うのは久々なのではないですか？」

違いましたか？　とホームズさんは微笑む。

澪人さんは、ふっ、と口角を上げた。

「清貴さん、陰陽師になったらええのに」

「遠慮します」

さっくりと答えたホームズさんに、澪人さんは「そやろな」と愉しげに笑い、

「ほな、また何かありましたら、よろしゅうお頼み申します」

と、お辞儀をして店を出ていった。

カラン、とドアベルが鳴って扉が静かに締まる。

澪人さんの姿が見えなくなり、ふふっ、と私は笑った。

「澪人さん、ああ見えて、可愛い人だったんですね」

「ええ、彼は小春さんと出会って、随分変わったようですよ。和人さんが浮世離れしていた弟が人間臭くなって嬉しいと言ってました」

和人さんとは、澪人さんの兄だ。賀茂家は、長女・杏奈（女優）、長男・和人《かずと》（医大生）、次男・澪人の三兄弟で、霊能力があるのは、澪人さんだけなのだという。

「言われてみれば、初めて会った頃より、人間味が増しましたよね」

「そうですね」

私は、ふふっ、と笑って、ホームズさんを見上げた。

「でも、それはホームズさんも一緒ですね」

「よく言われますね。僕もあなたと出会えて、ようやく人間的な感情を抱けるようになった気がします。あなたとともに生きられて僕は幸せですよ」

また、さらりとそんなことを言う。

私は頬が熱くなって、目を伏せる。

そうしている横で、店長がノートやペンケースをバッグの中に押し込んでいた。

「店長？」

「すまないね。澪人くんに質問したいことがあったのを思い出して。ああ、今日は、なんだか書けそうなんだ。だからこのまま先に上がらせてもらうよ」

そう言って勢いよく店を出て行った。

私は呆然としながら、扉に目を向けた。

「もしかして店長、私たちに気を遣って……？」

「いえ、そんなことはないでしょう」

ほら、とホームズさんが窓の外を指差す。

澪人さんを追い掛けようと、懸命に走る店長の姿が目に映り、アッという間に見えなくなった。

「店長は、何を澪人さんに訊こうとしているのでしょう？」

「職業柄、陰陽師の話が聞きたいのでしょうね。澪人くんと小春《こはる》さんの邪魔をしなければ良いのですが……」

少し申し訳なさそうに言うホームズさんを見て、私は思わず笑ってしまう。

「大丈夫ですよ。店長は気遣い屋さんですから、質問を終えたら、サッと立ち去りますよ」

だと良いのですが、とホームズさんは肩をすくめる。

私は、カウンターの上のカップを片付けようと、トレイを用意する。

店長が座っていたところに、メモ紙がくしゃくしゃになって捨てられていた。

まさに作家が仕事をしていたという感じがする。

私は小さく笑って、紙も一緒にトレイに載せる。

その際、軽く握り潰されていた紙が、ひらりと開いた。

『古都陰陽奇譚《ことおんみょうきたん》』、『陰陽師探偵』、『京都心霊譚』などという文字がびっしり書かれ、そのすべてにバツ印がついている。

「きっと、新作のタイトルに悩んでいるんでしょうね」

ホームズさんが、私の背後からそう言う。

「そうみたいですね。でも、これってもしかして……」

「はい。僕と澪人くんのことを書こうとしているようです」

やっぱり、と私は笑う。

「葵さんだったら、どんなタイトルが良いですか?」

そう問われて、私は店長のメモに目を落とした。

どれも悪くなく、面白そうだと感じる。

だけど、ホームズさんと澪人さんが主人公だとするなら……。

「『拝み屋さんと鑑定士』とかでしょうか」

するとホームズさんは小さく笑った。

「なるほど、僕たちっぽいですね」

でしょう、と私も笑い、トレイを手に給湯室に入り、カップを洗った。

作業を終えて、ふと窓の外を見ると、店長がご機嫌な様子で歩いているのが見えた。

澪人さんが、質問に答えてくれたのだろう。

その時、郵便配達員が店外のポストに、郵便物を入れているのが見えた。

「あっ、ポストを確認するついでに、店の前を掃いてきますね」

「ああ、すみません。お願いします」

はい、と私は掃除用具箱から竹箒とゴミ袋を取り出した。

そのまま外に出ようとして、そうだ、と足を止めた。

「ホームズさんにお願いがあったんです」

「あなたのお願いでしたら、なんなりと」

と、間髪を容れずに了承する彼に、思わずむせた。

返事はせめて、内容を聞いてからにしてほしい。

「大学一回生の終わりに、出町柳の商店街でフラワーアレンジメントの展覧会をしたのを覚えていますか?」

もちろん、とホームズさんは答える。

「『花と和歌』がコンセプトだった、あの展覧会ですよね?」

「はい。今年、またすることになったんですよ。今度は香織がリーダーになって陶芸サークルの皆さんと一緒に、バレンタインデーの開催で」

「それは、素敵ですね」

その微笑みから、ホームズさんが心からそう言っているのが伝わってくる。

「それで、ホームズさんに観に来て……」

「必ず行きます」

私の話が終わらないうちに、ホームズさんが前のめりでかぶせてくる。

「ありがとうございます」

私ははにかんで会釈し、それで、と話を続ける。

「春彦さんにも来てもらいたいと思っているんですよね……」

そう言うとホームズさんは、すぐに察したようだ。

「必ず来られると思いますよ」

それにしても、とホームズさんは口角を上げる。

「出町柳での展覧会はいつも恋が絡んでいますね。これで二人のこんがらがったものが、解けると良いのですが……」

二人とは、香織と春彦さんのこと。

実は、私の恋の思惑も潜んでいることに、ホームズさんは（多分）まだ気付いていない。

私は彼に気付かれぬように、いそいそと店の外に出た。

最初にポストを確認する。

中に、私、真城葵宛のダイレクトメールのハガキが入っていた。

「えっ、私に？」

と思わず顔を近付ける。

確認すると、写真には琵琶湖とともに洋館が写っている。煉瓦風と白色のツートンタイプの外壁であり、大きなテラスが付いているカナディアンな建物だ。

【ペンション『レイクサイド』、2月末までバレンタイン特別企画実施中！　女性からのご予約で半額になるプラン。この機会に思い切ってパートナーを誘ってみては⁉】

どうやら女性をターゲットにしたキャンペーンのようだ。

半額は、かなり大きい割引だ。

バレンタインに彼を誘う勢いにつながると考えてのことだろう。

「でもどうして、ペンションが私に……？」

しかも、この『蔵』に私宛のハガキが届くというのも、不可解だ。

私は小首を傾げながらハガキをひっくり返す。

すると、手書きのメッセージが添えられていた。

『葵さん、お久しぶりです、日野です。無事、琵琶湖の畔でペンションをはじめています。

もうすぐバレンタインということで、女性に向けたキャンペーンを実施しています。もし良かったら、家頭を誘って遊びにきてください』

私は、ああ、と大きく首を縦に振る。

ホームズさんの高校時代の先輩だった。

大手の企業に就職するも仕事が合わず、メンタルを崩して二年で退職してしまったことを恥じていた人だ。

それがホームズさんと話しているうちに、何か吹っ切れたのか、最初は暗い顔だったのが、別れる頃には明るい顔を見せていた。

長く付き合っている彼女の実家が、琵琶湖の畔でペンションを営んでいて、彼女と結婚してペンションを手伝いたいと話していたのだ。

「そうか、日野さん、本当に彼女と結婚して、ペンションをやっているんだ」

私は幸せな気持ちで、ハガキをエプロンのポケットに入れて、竹箒を持ち直し、せっせと掃いていく。

結構、ゴミが落ちているものだ。

「葵はん」

横から声を掛けられて、私は驚いて声がした方向に顔を向ける。

「何をにやにやしとん」

と、円生さんが半笑いで訊ねた。

「にやにやなんて……それは、円生さんの方こそですよ」

「俺は生まれつきこういう顔やねん」

と、円生さんは、ニカッとわざとらしく笑った。

よく言う、と私は肩をすくめる。

こうして、朗らかな顔を見せるようになったのは、近年のことだ。

「ホームズさんなら店にいますよ」

そう言うと、円生さんは首を横に振った。

「あんたに用があってん」

「私に……?」

私は戸惑いながら、円生さんを見上げた。

終章

——二月十四日。

出町枡形商店街の付近は、今日も賑やかな様相だった。

出町の駐車場に車を停めて、地上に出ると、豆餅を買い求めようとする客が行列を作っているのが見える。

すっかり京都の名物だ、と感心しながら、僕は商店街の中に足を踏み入れる。

『大感謝祭』というカラフルな横断幕とのぼりがアーケードを飾り立てていた。

寺町三条付近のアーケードよりも小規模だが、その分地域性が感じられ、アットホームな雰囲気だ。今日は大感謝祭ということで、いつもよりも賑やかな様子だった。

ここに来ると、アニメのイラストが描かれた黒板や、映画館『出町座』の上映スケジュールを確認するのが、密かな楽しみとなっている。

だが今は、のんびり歩いている気分ではない。

葵の展覧会が楽しみで、早足になっていた。

会場は、以前も展覧会に使われたカフェだ。うちの店、『蔵』のように入口は小さいが入ると奥行きがあり、なかなかの広さがある店舗である。

店の近くで足を止めた。

『陶器と花の展覧会』という立て看板の前に、梶原春彦がいた。

とはいえ、店内から見えない位置に立ち、中をコソコソと窺っている。

「春彦さん、こんにちは」

僕が声を掛けると、春彦はわかりやすく体をびくっとさせて、振り返った。

「あ、ホームズさん。こんにちは」

「入らないんですか？」

「いえ、あの……」

春彦は躊躇ったように、店内に目を向ける。

僕も店内を覗いて、彼が戸惑っていた理由が分かった。

円生が来ていたのだ。一瞬頭に血が上りそうになった。が、彼が談笑している相手が、葵ではなく、宮下香織だったため、冷静なままでいられた。

香織は、円生を前に頬を紅潮させ、嬉しそうに話していた。

「やっぱり、香織さんは心変わりしてしまったと思うんです」

春彦は店の壁に両手をついて、落ち込んだように言う。

「そうと決まったわけではありませんよ」

今彼は、香織の嬉しそうな顔を目の当たりにしたばかり。

そんな言葉は慰めにもならないのか、春彦はうな垂れたままだ。

香織が円生に惹かれるというのは、ありえない話ではないだろう。芸能人や二次元のキャラクターに夢中になり、世に言う『推し活』に勤しむ彼女だ。特別な才能を持つ者に魅力を感じてもおかしくはない。しかし、それが実際の恋愛感情に結び付くかとなると、別ものではないか？　という気がする。

香織が春彦に惹かれたのは、まっすぐで誠実、そして癒される人柄だ。

「春彦さん、たしかに円生は強烈な魅力を持つ人物だと思います」

そう言うと、春彦は、情けない顔で僕の方を見る。

「そんな、傷口に塩を塗るようなことを……」

話の途中ですよ、と僕は肩をすくめた。

「自信を持ってください。あなたもとても魅力的ですよ」

ううっ、と春彦が苦々しい表情で呻いた。

「そんな取ってつけたような……」

「慰めではないですよ。もし、僕が女性でしたら円生ではなく、あなたを選びます」

その後に、『少しだけ葵さんっぽいので』という言葉を続けようとしたが、やめておいた。

春彦の雰囲気はふんわりと柔らかい。誰でも許容するような包容力がある。それでいてどこか危なっかしい部分もあり、葵と少し似たものを持っているのだ。もちろん、ほんの少しだけだが。

えっ、と春彦は目を見開いた。

「ホームズさんが女性だったら、円生さんよりも僕を?」

「ええ」

葵さんっぽいので、と再び心の中で付け加える。

「もし、僕が女性でしたら、あんな才能だけが突出していて、計画性がなく、浮き沈みが激しく、面倒くさい男など絶対ごめんです」

そこまで言うと、春彦は笑った。

「ありがとうございます。ホームズさんが僕を選んでくれるなら、少し自信が湧いてきました」

カフェから出てきた女性たちが、まぁ、という様子でこちらを見ている。

「……なんだか、誤解を招きそうなので、この会話はここでやめておきましょうか」

とりあえず、と僕は、彼を見据える。

「あなたも宙ぶらりんは嫌でしょう。もう、ここで腹を決めてはどうでしょうか」

眼差しが強すぎたのか、春彦は少し気圧されたようにのけ反った。

だが、次の瞬間、「はい」と強くうなずいて、大股でカフェに入っていく。

僕は、少しだけ間をおいて、店内に足を踏み入れた。

前回の『花と和歌』の時は、赤い布をかけたベンチが並び、朱色の傘が飾られていたが、
今回はまるで違っている。

店内全体が、白で統一されていた。アンティークな白い椅子、白いテーブル、白いチェスト、それらの上に作品が展示され、この店の焼き菓子がラッピングされて置いてある。

天井には、シャンデリアを模した白とピンクの薔薇が飾られていた。

僕の姿を見た円生が、弱ったように肩をすくめた。

「こない可愛らしいところに飾られると思わへんかって」

そう言いながら、満更でもないように笑い、店を出ていった。

何を言っているんだ？

そう思う間もなく、疑問はすぐに解けた。

円生の絵が、飾られていたのだ。それは、絵画というほど完成されたものではなく、スケッチにほんのり色がついた状態だ。

描かれているのは、四条大橋から望む京都の光景だった。

絵は全部で三枚。

それぞれ、『CACAO MARKET』や『東華菜館《とうかさいかん》』、『南座《みなみざ》』を描いていた。

まるで、異国の景色のようにエキゾチックであり、幻想的だ。

これは……、と呆然としていると、

「あっ、ホームズさん」

葵が歩み寄ってきて、僕を見上げた。

「葵さん、円生のこの絵は？」

戸惑いながら訊ねると、葵ははにかむ。

「驚きましたよね。この前、円生さんが、訪ねてきてくれたんですよ」

聞くと、円生は『ちょっと描いてみたんやけど』と、スケッチブックを葵に見せたのだという。それが、この三枚だ。

『とっても素敵です。京都の光景なのに、異国の景色のようで……』

と、葵が感激していると、円生は躊躇もせず、スケッチブックからその三枚の絵を切り離して、葵に手渡したという。

『そんなん、ただの落書きやし、そないに気に入ったんやったら』と――。

驚いた葵は、『もらえませんよ』と断ったそうだが、返した場合は捨ててしまいそうな雰囲気だったので、受け取ったのだという。

円生が落書きと言ったように、肩の力を抜いて走り書きをしたようなスケッチ画だ。

だが、観る者の心をつかむ、良い絵だと感じさせた。

『あの、この作品、なるべく、たくさんの人に観てもらいたいんです。直近で今度のバレンタインに出町柳の商店街でイベントがあるので、そこで飾らせてもらってもいいですか？』

葵がそう言うと、

『あんたにやったもんやし、好きにしたらええ』

そう言って、円生は立ち去ったのだという。

「ホームズさんを驚かせたくて黙っていたんです」

葵はいたずらっぽく笑って、驚きました？　と訊ねる。

「ええ、驚きました。円生はこんな絵も描けたんですね……」

柔らかく、どこかファンタジックなタッチは、かつて自分が魅了された風雅の絵を彷彿とさせる。そういえば、円生は、葵が風雅の作品に目を奪われたのを知っていた。

なのであえて、こういうタッチにしたのかもしれない。

それは決して模倣ではなく、彼の挑戦だったのだ。

先ほど自分が春彦に言った言葉を思い出す。

『もし、僕が女性でしたら、あんな才能だけが突出していて、計画性がなく、浮き沈みが激しく、面倒くさい男など絶対ごめんです』

僕は、ふぅ、と息を吐き出す。

その突出した才能に、僕は焦げるほどの嫉妬を覚えるのだ。

ふと、春彦の方を見た。

香織の前にいて、二人は共に強張った顔で挨拶を交わし合っている。

「円生さんの作品、香織も大感激だったんですよ」

葵の言葉に、そうでしたか、と僕は相槌をうつ。

それで、香織はあんなに嬉しそうな顔をしていたのだ。

香織の作品は、壁に飾られていた。

「あの作品は、香織さんの？」

そうです、と葵が答える。

香織の作品は、リースだった。編み込んだような陶器のリースに薄紫のスターチスを飾って、白いリボンを結んでいる。

彼女らしく高潔で凛とした、それでいて可愛らしい作品だ。

「か、香織さんの作品、とっても素敵ですね」

などと、春彦は声を上ずらせながら言っている。

やれやれ、と僕は肩をすくめる。

スターチスの花言葉は、『変わらぬ心』ですよ、と伝えようかと思ったが、それはやめておいた。彼自身が調べるなりして、気付くべきだろう。

春彦は、花言葉を知ってか知らずか、意を決したように口を開く。

「あの、香織さん。ほんのちょっとだけ、時間をもらえますか?」

香織は頬を紅潮させたまま、こくり、とうなずく。

近くにいた仲間に、ちょっと出るね、と合図をして、二人はカフェを出ていった。

＊

出町枡形商店街を出て、少し歩くと高野川と賀茂川が合流し、鴨川になる三角形の地帯、『鴨川三角デルタ』に出る。

河原まで来て、春彦は近くに人がいないのを確認すると、春彦は振り返った。

「あの、香織さん」

彼の勢いに押されながら、香織はぎこちなく「はい」と答える。

「僕にしてくれた告白、どうして撤回してしまったのかを訊きたくて……」

「どうしてって……」

「僕への気持ちが冷めてしまったのかな？」

そんな、と香織は苦笑する。

「けど、なんで、そないなことを訊くん？　どうでもええやん」

こういう時、ドラマだったら、『私のことなんて好きじゃないくせに』なんて言うのだろう、と香織が自嘲気味に笑うと、春彦は真面目な表情を見せた。

「どうでも良くないよ」

真剣な雰囲気であり、香織は何も言わず、ただ息を呑む。

「告白してもらった時は、よく分かってなかったんだけど、僕は香織さんのことが……」

最初こそ勇んで言っていた春彦だったが、語尾が小さくなっていく。

だが、ぐっと拳を握り、顔を上げた。

「好きなんだ、香織さんのことが」

そう言って強い眼差しを見せたかと思うと、次の瞬間、春彦は顔を真っ赤にさせる。

その姿を前にして、思わず香織の頬が緩む。

「え、笑わないでよ」

「笑ろてへん。ただ、なんや、信じられへん」

「どうして？」

「だって、河原で一晩一緒に過ごした時……」

あの夜、朝までベンチに腰を掛けて、語り明かしていた。

春彦の気遣いのできるところ、誠実な人柄に触れて、香織の中で、ますます『好き』という気持ちが強くなっていった。

そこから先は、アルコールのせいもあったのだ。

香織は急に、以前の恋の終わりを思い出した。

店長にキスをされると感じた瞬間（勘違いだったのだが）、拒否反応を起こしてしまい、自分の本当の気持ちに気付いたのだ。恋ではなかった、と。

今回はどうなんだろう？　という思いが過った。

この恋が本物なのか、知りたいと思ってしまったのだ。

何度も言う。アルコールのせいもあったのだ。

香織はそっと春彦の肩に寄り添い、唇を差し出した。

だが、春彦はというと――、

「あの時、春彦さんは、見て見ぬ振りをしたやん……」

好きな人にキスをねだって、拒否されたのだ。

こんな恥ずかしいことがあるだろうか、と香織は唇を噛む。

ええっ、と春彦は目を剥いた。

「あれは、本当に、その、キスをするってことで良かったんだ？」

香織は何も言えずに、目をそらす。頬が熱くて仕方がなかった。

「香織さんが、まさか僕にそういうことを求めてるって思ってなかったから、何かの間違いだろうって。あの時、勢いでキスしそうになって、でも、それを必死でこらえて、僕、よく耐えたって、自分をめちゃくちゃ褒めていたのに！」

早口で、なおかつ、やや大きめの声でそんなことを言う春彦に、香織は「わああ」と耳に手を当てる。

顔から火が出そうで、春彦に背を向けると、手首をつかまれた。

「逃げないで、香織さん」

「う、後ろを向いただけで、逃げてへん」

ごめん、と春彦は手を離した。

「あの、それじゃあ、あの時のリベンジしてもいい？」

「あ、あかんっ」

「ええっ⁉」

春彦はたちまちしゅんとする。

その姿が可愛くて、きゅんと香織の胸が音を立てた。

「あれは酔っぱらってて……素面《しらふ》でこないなところで初めてのキスとか、ありえへん」

「そっか、そうだよね、ごめん」

それじゃあ、と春彦が手を差し伸べる。

「今度、僕とデートしてもらえるかな？」

香織ははにかんで、その手を取った。

「それやったら、その……喜んで」

＊

「香織、大丈夫かな……」

葵は、心配そうに外に目を向けている。

大丈夫でしょう、と僕は微笑む。

「きっと、二人揃って真っ赤な顔をして帰ってくると思いますよ」

そう言うと葵は、小さく笑った。

「それで、葵さんの作品は？」

「そうでした。こっちです」

葵は、店の奥の白い椅子に向かって歩く。

そこには、ジャスミンの花が飾られている。花は、まるで風船のように丸く生けられていた。花器は赤いリボンに包まれていて、見ることができない。

まるで風船が飛び立つように、甘い薫りがふわりと立ち上っていたが、僕は花器が隠されていることに動揺した。

「葵さん、どうして花器をリボンで隠してしまっているんですか？　あなたが作ったものなんですよね？」

葵は気恥ずかしそうに、ええと、とリボンの端を指差す。

「これは、ホームズさんへの誕生日プレゼントでして」

えっ、と僕は目を見開く。

「お誕生日おめでとうございます、ホームズさん。あっ、プレゼントはこれだけじゃないんですが、とりあえずリボンを引いてください」

　ドキドキと胸が高鳴る。

　リボンの端をつかみ、そっと引っ張るとするりと解けて、その姿があらわになる。

　ころんと丸みを帯びた、車の形の花器だった。

　白い車で、内側が赤い。傍らには、ハートのチョコレートも添えられていた。

「――これは、僕の車ですか？」

　そうです、と葵ははにかむ。

「ホームズさんの車になるように、がんばって作ってみました。これ、ペン入れにもなるんですよ」

　精巧ではないが、一目でビュートと分かる。ころんとした車型の花器がとても愛らしい。

　あかん、と僕は口に手を当てた。

「こんなん、人間国宝もびっくりや」

「ええと、それは、私がびっくりですよ」

　と、葵は苦笑した。

「お花にジャスミンを選んだのは、ホームズさんって時々、ジャスミンの薫りがするのと、花言葉に想いを込めて……」

ぼそぼとつぶやいて葵は口を閉ざし、ほんのり頬を赤らめる。

みなまで言わなくても、花言葉は分かるでしょう、とその姿が言っていた。

ジャスミンの花言葉は、『ずっと一緒にいたい』。

胸が詰まって、うっ、と僕はシャツの胸元を握る。

可愛い、愛しい、尊い、大好き――、それらの言葉を僕の辞書で引いたら、すべて真城葵と出るだろう。

「葵さん……。困りました、抱き締めたいです」

「だ、駄目です」

「そうですよね。二人きりになったら、めちゃくちゃ抱きます」

ふぅ、と気持ちを落ち着けようと、作品に目を向けた。

葵はというと、顔を真っ赤にして俯いている。

「…………」

『抱きます』は、『抱き締めます』の意だったが、彼女は、もっと濃厚な意味合いに受け取ったようだ。無論、それでも問題ない。

むしろ覚悟してもらえるのは好都合なので、訂正せずにいよう――。

「ほんま、嬉しい。おおきに、一生、愛でるし。僕が死んだときは墓の中にも入れてもらいたいです」

ええっ、と葵はのけ反った。

「墓ってそんな。喜んでいただけて嬉しいですけど、これはどちらかというと、サブのプレゼントでして」

「サブ？」

そういえば、プレゼントはこれだけじゃないと言っていた。

「これが、私からのメインのプレゼントです」

葵はポケットからぎこちなく封筒を出して、僕に向かって差し出した。

なんだろう、と封を開けて、中を見る。

ペンション『レイクサイド』の宿泊券が入っていた。

『清貴さん、お誕生日おめでとうございます！

いつもありがとうございます。ささやかですが、誕生日プレゼントを用意させていただきました。日野さんのペンションの宿泊券です。

近場ですが、ホームズさんとプチ旅行できたら嬉しいと思っています。

車の花器と風船の形をした花は、これからもあなたと人生という旅をご一緒できることを願って作りました。（誕生日プレゼントを考えるのにチラチラ観察して、不審者になっていてごめんなさい）葵より』

「……あかん」

幽霊を前にしても取り乱さない僕だが、彼女への愛しさが募って、頭が真っ白になることもある。

その後のことは、多くは語らないでおこう。

「わっ、ホームズさん、こんなところで、駄目です！」

と、彼女に怒られたのだけはたしかだ。

＊

出町柳からバイクに乗り、化野に着く頃には、陽も傾きかけていた。

アトリエとして使っているアパートの前まで来て、円生はバイクを停める。

ヘルメットを脱ぎ、ふぅ、と息をついた。

自然と頬が緩んでいる。それは、ヘルメットからの解放感だけではない。

ここまで走りながら、円生の心は明るかった。

「あないなもんで、大袈裟やねん」

そう言いながらも、悪い気はしていない。

葵に渡したのは、今描いている作品の下書きといっても良いものだ。

『あんたに言われた通り、目についたものを描くことにしたたし』

という報告を兼ねて見せた。

捨てても良い、落書きにすぎない。それをあんなふうに喜ばれて、自分たちにとって大事なイベントに飾ってもらい、葵のみならず、香織にも感激された。

そして、あの男――。

円生は、清貴の姿を思い出して、さらに緩む口に手を当てる。

実は店を出たあと、外からこっそり清貴の様子を窺っていた。

あの男が自分の絵を観て、どんな反応をするのか気になって仕方がなかったのだ。

清貴は、あのスケッチに分かりやすいくらいに目を奪われているのが分かった。

作品を前に立ち尽くし、大きく目を見開いている清貴の横顔を思い出すと、顔が緩んで仕方ない。

「ほんま、あんなんで喜ぶって、どないやねん」

今描いている作品が完成し、披露したらどんな顔をするだろう。

いつもアッという間に作品を仕上げる円生だが、今回は違っていた。

少しずつ丁寧に描いている。

円生は、そのままアトリエに入ろうとして、足を止めた。

離れたところに神戸ナンバーの白いベンツが隠れるように停車しているのが見えたのだ。

円生は、ちっ、と舌打ちした。

この車は最近、アパートの周りを監視するようにうろついていたのだ。

どうせ、イーリンの父親の関係だろう。

絵を求められるのは、悪い気はしないが、付きまとわれるのは気色悪い。

「なんやねん、えろう纏わりつきおって。ストーカーかいな」

すると後部席の扉が開いて、三十代半ばの男が姿を現わした。

「こんにちは」

仕立ての良いスーツを纏っていて、にこやかな笑みを口許に湛えている。

イーリンの手の者ではない。

「不快な思いをさせてごめんね。どうやら、制作に入ったようだし、邪魔はしたくなかったんだ」

円生は、その男を知っていた。

見た目は、爽やかな男だ。

背が高く、少し甘いマスクで、人の良さそうな笑顔を浮かべている。

「あらためて、一度ゆっくり話したかったんだ。時間、いいかな」

また、何か面倒なことが起こりそうだ、と円生は忌々しげに眉を顰めた。

あとがき

いつもご愛読ありがとうございます。望月麻衣です。

『京都寺町三条のホームズ』シリーズも十九巻です！

スタートした当初は、まさかここまで長く書かせていただけるなんて夢にも思わなかったので、感慨深いです。これもひとえに応援してくださる皆様のおかげです。

本当にありがとうございます。

前巻、『秋人が相笠くりすの舞台に出演する』という流れで終わったので、今巻、舞台のお話を期待してくださった方も多かったのではないでしょうか？

舞台の話に入る前に清貴の誕生日エピソードを入れたかったのと、『京都ホームズ』に次いで長く続いていた著作、『わが家は祇園の拝み屋さん』シリーズが完結しまして、その記念にクロスオーバーを書きたいと思いました。

そんなわけで、舞台の話は持ち越しとなってしまったわけです。待ってくださっていた方、申し訳ありません。ですが、次は必ず。

次巻は、キリが良い二十巻。華やかなお話を書けそうで、楽しみに思っています。

今巻は、取材のおかげで書けたエピソードが多く、ご協力くださった関係者の皆様に、心から感謝申し上げます。

第一章は、京都国立博物館の特別展『京に生きる文化　茶の湯』を鑑賞できたことで、生まれたお話でした。初めて本物の『大井戸茶碗』を目の当たりにしまして、さらに数々のエピソードを伺い、むくむくとアイデアが浮かんだのです。

京都国立博物館様、前巻に引き続き、ありがとうございました。

北区の山間部の取材にご協力くださった『中川』、『小野郷』、『雲ケ畑』の皆様、北区役所様ありがとうございました。

中でも、『岩屋山　志明院』では、ご住職に不思議なお話をたくさん伺うことができました。ご住職が体験された天狗のエピソードをお聞かせくださり、志明院を作品に書くことをご快諾くださいまして、ありがとうございました。

また、二〇二二年の秋、京都市で『京都モダン建築祭』というイベントが開催されました。京都のモダン建築が、日時限定で特別に公開されるのです。

このイベントで私は大変幸運なことに京都御苑の東側にある洋館、大丸初代社長・下村正太郎の邸宅『大丸ヴィラ』の見学ツアーに参加することが叶いました。

普段は一般公開しているわけではない、昭和初期に建てられた大邸宅です。

開催前の清掃が大変だった等の苦労話も伺いつつ、レトロでクラシカルな『大丸ヴィラ』

りがとうございました。

京都モダン建築祭実行委員会様、京都市様、素敵なイベントを開催してくださって、ありがとうございました。

最後に表紙の話を……。

光岡自動車様、表紙にビュートを載せることをご快諾くださいまして、ありがとうございます。今回も素敵なイラストを手掛けてくださったヤマウチシズ先生、ありがとうございました。

そして今巻もこの場をお借りして、お礼を伝えさせてください。

私と本作品を取り巻くすべてのご縁に、心より感謝とお礼を申し上げます。

本当に、ありがとうございました。

さて、この後に、おまけも掲載しております。よろしくお願いいたします。

望月　麻衣

おまけ

――これは、澪人が、清貴に仕事を依頼する、少し前のある日のこと。

清貴は、吉田山荘《よしださんそう》の敷地内あるカフェ『真古館《しんこかん》』を訪れた。

カフェの二階に足を踏み入れ、ぐるりと店内を見回す。

相変わらず昭和レトロで情緒のある店内だ。シーズンオフのためか、客は一人、賀茂澪人だけが、窓際の席に座っていた。

「こんにちは、澪人さん」

「ああ、清貴さん。今日はおおきに、わざわざすみません」

澪人は少し腰を浮かせて、会釈する。

「いえいえ、真古館はうちから近いですし、よく来るのでお気になさらず」

そう言って清貴は対面に腰を下ろした。

「ああ、誠司さんの屋敷は、哲学の道の方やったね」

「そうなんです。ところで、賀茂家の皆様はお元気ですか？」

「変わりなく、です。兄が清貴さんによろしくて言うてました」

「和人さんですね。彼とはしばらく会ってないですね。今度食事でもしましょう、とお伝えください」

澪人は、ええ、と頷く。

やがてコーヒーが届き、二人は窓際の席に向かい合って座った状態で他愛もない話を続けた。互いの身内の近況報告をし、清貴は小さく息をつく。

「そうですか。今、小春さんは東京にいるんですね」

「そうなんです」

「もしかして、向こうでまた何かトラブルが?」

「いえ、そういうのんとちゃいます。実は……」

と、澪人は、小春の事情を話してきかせた。

清貴は、そうでしたか、と真剣な表情で相槌をうつ。

「それで、今日は僕に、その相談があったのですね?」

ずばり訊ねてきた清貴を前に、澪人は観念したように肩を下げた。

「ほんま、あなたは僕らとはまた少し違う特殊能力を持ってるお人やな。話が早うてありがたいんやけど……」

清貴は何も言わずに、澪人の言葉を待った。

「相談ていうか、訊きたいことがあったんです」

はい、と頷いた清貴を前に、澪人はそっと目を逸らす。

「……清貴さんはその、どうやって、葵さんと深い仲になったんやろか？」

小声で問うた澪人に、清貴はぱちりと瞬いた。

「あっ、小春ちゃんはまだ未成年やさかい、今すぐなんて思うてへん。そやけど清貴さんも葵さんと清い交際期間が長かったようやし、その……どういう流れでそうなるもんなんやろて」

澪人は言い訳するように早口で問う。そうですね、と清貴は腕を組む。

「閉店後、堪えきれなくなって、店のソファーに彼女を押し倒してしまったんです」

えっ、と澪人は眉根を寄せる。その瞳には非難の色があり、清貴は、口角を上げた。

「冗談ですよ。二人で旅行に行くことにしたんです」

その言葉に澪人は安堵したように息をついた。

「そうなんや、旅行に……」

「はい、葵さんの二十歳の誕生日の記念に」

「成人とはいえ、親御さんは許してくれはったん？」

「許すというより、致し方なく黙認という感じでしたね」

澪人は、ふむ、と少し考え込む。

「澪人くんも彼女との将来を考えているのですよね？　それにはやはり、外堀を埋めることも大事ではないかと」

外堀……、と澪人は洩らす。

「清貴さんと違て、僕は掘削《くっさく》作業に時間がかかりそうや」

いろいろと迷いや葛藤があるのだろう。少し遠くを見るような目を見せる澪人に、清貴は、ふふっ、と笑った。

「僕は当時、ある称号をいただいていたんですが、それをあなたに譲ろうと思います」

「称号て？」

「『禁欲王子』と」

水を汲みに来ていた店員が、ぶっ、と噴き出した。

それは、ある午後、真古館での他愛もない会話。

参考文献

中島誠之助『ニセモノはなぜ、人を騙すのか?』(角川書店)
中島誠之助『中島誠之助のやきもの鑑定』(双葉社)
鳥越一郎『京都大正ロマン館』(ユニプラン)
ジュディス・ミラー『西洋骨董鑑定の教科書』(パイ インターナショナル)
出川直樹『古磁器 真贋鑑定と鑑賞』(講談社)
長谷川卓+冬木亮子『安倍晴明と陰陽道』(ワニのNEW新書)
豊嶋泰國『[図説]日本呪術全書』(原書房)
『神道大祓―龍神祝詞入り―』(中村風祥堂発行)

取材協力(敬称略)
岩戸落葉神社
岩屋山 志明院
京都国立博物館 特別展『京に生きる文化 茶の湯』
京都市北区役所
京都モダン建築祭・大丸ヴィラ
光岡自動車

双葉文庫

も-17-27

京都《きょうと》寺町三条《てらまちさんじょう》のホームズ⑲

拝《おが》み屋《や》さんと鑑定士《かんていし》

2023年2月18日　第1刷発行

【著者】
望月麻衣《もちづきまい》

【発行者】
島野浩二
【発行所】
株式会社双葉社
〒162-8540 東京都新宿区東五軒町3番28号
［電話］03-5261-4818(営業部)　03-5261-4851(編集部)
www.futabasha.co.jp(双葉社の書籍・コミックが買えます)
【印刷所】
中央精版印刷株式会社
【製本所】
中央精版印刷株式会社

【フォーマット・デザイン】
日下潤一

ISBN978-4-575-52625-7 C0193
Printed in Japan